folio
junior

Mathieu Hidalf

1. Le premier défi de Mathieu Hidalf
2. Mathieu Hidalf et la Foudre fantôme
3. Mathieu Hidalf et le sortilège de Ronces
4. Mathieu Hidalf et la bataille de l'aube
5. La dernière épreuve de Mathieu Hidalf

Christophe Mauri

Mathieu Hidalf et la bataille de l'aube

GALLIMARD JEUNESSE

À mon père, premier complice de Mathieu Hidalf
À ma mère, première oreille de ses aventures
À Camille, Vincent, Céline et Marc,
ma fratrie à quatre têtes

© Éditions Gallimard Jeunesse, 2013, pour le texte
© Éditions Gallimard Jeunesse, 2015, pour la présente édition

Étude commandée par le Dr Gustave Soupont, médecin des Élitiens, à Anastasia, nymphette élitienne infiltrée au manoir Hidalf. Document hautement confidentiel.

Ordre de mission :

Le Prétendant élitien Mathieu Hidalf a prononcé le Serment noir, serment maléfique qui a entraîné la destruction de l'arbre doré cousu sur son uniforme. Les Élitiens ne disposant d'aucun moyen de faire renaître cet arbre, le bannissement de Mathieu Hidalf est désormais inévitable. Votre mission se déroulera en deux phases :

– Phase 1 : prendre acte de l'état psychologique du sujet Mathieu Hidalf.

– Phase 2 : mesurer les risques d'une éventuelle rébellion de la part du sujet Mathieu Hidalf, lorsqu'il apprendra son bannissement de l'école de l'Élite.

Avertissements particuliers :
— La cellule psychologique des Élitiens considère Mathieu Hidalf comme un manipulateur hors pair, imprévisible et odieux.
— On observe souvent, chez les personnes ayant prononcé le Serment noir, une humeur changeante. Des troubles comportementaux (en plus de ceux que nous lui connaissons déjà) ne sont donc pas à exclure.
— La présence au manoir Hidalf d'un monstre (chien) à quatre têtes est à prendre en compte. Bonne chance !

Gustave Soupont, médecin des Élitiens

*

Extrait du rapport d'Anastasia, nymphette élitienne infiltrée au manoir Hidalf. Rapport soumis au médecin des Élitiens, le Dr Gustave Soupont, et au capitaine des Élitiens, Louis Serra. Document hautement confidentiel.

Sur une échelle de 1 à 10 :
— 1 signifiant « un moral au plus bas et extrêmement préoccupant » ;
— 10 signifiant « une joie de vivre manifeste et contagieuse » ;
— Moral du sujet Mathieu Hidalf : 1/10.

Commentaire d'Anastasia : Mathieu Hidalf n'est plus que l'ombre de lui-même. Il consacre la majeure partie de ses journées à regarder le temps défiler sur une pendule.

Sur une échelle de 1 à 10 :
— 1 signifiant que « Mathieu Hidalf ne soupçonne absolument pas la surveillance sous laquelle il a été placé » ;
— 10 signifiant que « Mathieu Hidalf a compris qu'il était surveillé par une nymphette élitienne et qu'il l'a même identifiée » ;
— Éventualité que le sujet Mathieu Hidalf vous ait repérée : 1/10.

Avis général d'Anastasia : Mathieu Hidalf est devenu un enfant inoffensif, prévisible et affreusement ennuyeux ; il ne représente aucun danger, ni pour lui-même, ni pour son entourage, ni pour les Élitiens. Je demande l'interruption de la surveillance du manoir.

Avis du Dr Soupont : Interruption accordée. Les symptômes décrits ont été observés chez la plupart des victimes du Serment noir. Mathieu Hidalf retrouvera progressivement une humeur ordinaire (hélas ! si je puis me permettre ce commentaire personnel).

Avis du capitaine Louis Serra : Interruption refusée. Rapport quotidien exigé. Vigilance accrue. Sur une échelle de 1 à 10, 10 signifiant que « Mathieu Hidalf vous a repérée, bernée et manipulée » : **10/10**.

Prologue

Au cœur de la bibliothèque des Prétendants trônait un lit remarquable. Son bois d'ébène luisait d'un tel éclat que certains élèves y observaient leur reflet, le matin, pour se coiffer d'un geste rapide de la main. L'étoffe des rideaux verts avait la douceur du velours mais la résistance d'une voile. Ce lit semblait taillé pour défier un océan, pour braver une tempête, pour résister à toutes les épreuves ; mais certainement pas pour y dormir.

Pourtant, un occupant inattendu y avait élu domicile, lové dans la couverture verte. Il consacrait d'ailleurs la plus grande partie de son temps à y dormir. Son pelage scintillait dans la pénombre. Son museau était enfoui entre ses pattes antérieures. Il s'agissait d'un chat doré à peine adulte, à l'air insupportablement méprisant, même lorsqu'il était assoupi.

Les oreilles de l'animal se dressèrent soudain.

Comme s'il avait flairé un danger invisible, il bondit du matelas à la vitesse de l'éclair en poussant un miaulement strident, qui attira l'attention de quelques élèves.

— C'est le chat de Roméo Pompous, dit un garçon en approchant.

— Je croyais que c'était celui de Mathieu Hidalf, s'étonna un autre.

— C'est une histoire compliquée, intervint un troisième. D'après ce qu'Octave Jurençon m'a dit, Mathieu Hidalf l'aurait volé à Roméo Pompous. Roméo l'aurait récupéré depuis son départ. Mais à présent que la direction en recherche le propriétaire pour l'exclure, Roméo et Mathieu l'auraient abandonné…

— Tout cela n'explique pas pourquoi il a miaulé, fit remarquer le premier élève, qui n'avait rien compris à ces explications.

Il n'eut besoin d'aucune réponse. Brusquement, le lit vert qui avait accueilli le chat doré disparut, sans produire le moindre bruit ni laisser la moindre trace. À son emplacement ne restait qu'un large rectangle de poussière. Les Prétendants reculèrent de trois pas. Le lit s'était tout simplement volatilisé.

*

Au même instant, au cœur de la forêt des Élitiens, des silhouettes noires arpentaient la surface d'un lac gelé. Tristan Boidoré, un pré-Élitien talentueux de dix-sept ans, se déplaçait d'un pas confiant, entraînant derrière lui une dizaine d'Apprentis terrorisés. En cette saison, la couche de glace était plus épaisse que les remparts du château du roi et un bélier n'en serait pas venu à bout. Malheureusement pour eux, les Apprentis l'ignoraient. Sous leurs pieds, des milliers de mètres cubes d'eau noire les séparaient du fond, et ils craignaient à tout moment de passer au travers de la glace. Au lieu de les rassurer, Tristan Boidoré répétait sans cesse :

– Soyez *extrêmement* prudents ! Le moindre faux pas peut être *le dernier*. En cette saison, la glace n'est pas plus épaisse qu'un ongle !

Les Apprentis tremblaient de peur, de froid et d'épuisement, en se demandant pourquoi, en définitive, ils avaient tant insisté pour entrer à l'école de l'Élite.

Soudain, une violente secousse se fit sentir, venue des profondeurs du lac. Tristan Boidoré lui-même poussa un cri de surprise. Pris de panique, plusieurs élèves glissèrent en hurlant. Puis le calme revint à la surface du lac immobile.

– Qu'est-ce que c'était ? demanda un Apprenti paralysé par la peur, sans oser se relever.

Son voisin se pencha et aperçut une forme curieuse dans les profondeurs.

– Une créature ! s'écria-t-il.

Tristan Boidoré avança à grands pas. Lorsqu'il atteignit l'endroit où l'Apprenti avait distingué quelque chose, il constata la présence d'une masse noire, juste sous la surface.

– Un lit, dit-il faiblement. C'est un lit.

En effet, un lit flottait à quelques mètres sous lui. Son rideau vert était gonflé par l'eau. Son bois étincelait. Il flotta quelques secondes puis, sans un bruit, il s'éloigna et s'enfonça dans les ténèbres du lac.

Avant qu'il disparaisse, une inscription scintilla, gravée en lettres d'argent sur le sommier d'ébène. Les Apprentis la déchiffrèrent. Il était écrit :

PROPRIÉTÉ DE MATHIEU HIDALF

– La leçon est terminée, décréta Tristan Boidoré. Rentrez tous à l'abri.

Les Apprentis s'éloignèrent en silence, presque à regret. Chacun revoyait le nom de Mathieu Hidalf disparaître, avec la conviction que quelque chose de grave venait d'arriver.

Le lac des Bannis portait ce nom car le lit de chaque élève banni était précipité dans ses eaux noires, incroyablement troubles et profondes.

Première partie

Une nuit sans fin

Extraits de la constitution des Élitiens :

– L'Arbre doré, planté dans le vestibule de l'école, unit chaque membre de l'Élite.
– Chaque membre de l'Élite est représenté par une branche de l'Arbre doré, qui ne se brisera que le jour de son exclusion, de son bannissement ou de sa mort.
– Chaque membre de l'Élite possède un uniforme unique, sa luide, sur lequel est cousu un arbre doré miniature.

Au sujet des bannissements
Un membre de l'école de l'Élite ne peut être banni que pour avoir :
– détruit ou voulu détruire une branche de l'Arbre doré, y compris la sienne ;
– prononcé ou encouragé un autre à prononcer le Serment noir, serment interdit qui brûle immédiatement la branche de celui qui le prononce et détruit l'arbre doré miniature cousu sur son uniforme.

Sanctions infligées à un membre banni
– L'arbre doré miniature d'un membre banni sera brûlé par le tribunal des Élitiens.

– Son nom sera rayé du registre de l'école.
– Il ne pourra plus jamais en franchir la grille.
– Il devra tenir son uniforme à disposition de l'école, qui procédera à sa destruction.
– Son lit, créé le jour de sa rentrée, sera précipité dans les profondeurs du lac des Bannis.

Tout bannissement est irrévocable, un arbre doré qui a été brûlé ne pouvant renaître de ses cendres par aucun moyen à la disposition des Élitiens.

Chapitre 1
Une lueur dans la tempête

Mathieu Hidalf s'approcha de la fenêtre de sa chambre, mais la tempête ne cessait pas.

Toute la journée, le vent avait rugi entre les tours du manoir, soulevant la neige, la jetant contre les carreaux, arrachant les tuiles gelées des toits étincelants de givre.

C'était un temps à rester à l'abri. Ce jour-là, les nymphettes elles-mêmes ne s'étaient pas aventurées dans le parc. La veille encore, l'une des petites fées lumineuses avait été engloutie par le ciel blanc et bas. On ne l'avait pas revue, au grand dam de M. Rigor Hidalf, qui estimait qu'au prix que coûtait une nymphette aujourd'hui, ce genre de créatures pouvait avoir la décence de ne pas mourir dans de stupides accidents. Prêt à tout pour éviter qu'une telle catastrophe se reproduise, M. Hidalf avait privé les nymphettes de sortie jusqu'à l'été suivant.

À la fenêtre de sa chambre, qu'il ne quittait pas,

Mathieu distingua soudain une lueur blafarde, qui clignotait dans la tempête. La nymphette égarée avait sans doute retrouvé son chemin, pensa-t-il. Il leva le bras pour attirer son attention. Une première fois, la fée essaya de rejoindre sa fenêtre, mais une rafale violente dévia sa trajectoire. Mathieu la vit éviter de justesse la robuste tour de ses parents, où le vent la précipitait. Il plissa les yeux. Pendant quelques secondes, il perdit complètement sa trace. Puis, brusquement, il aperçut le clignotement de la pauvre créature, droit devant lui, à une dizaine de mètres. Son sourcil droit se haussa en signe d'étonnement ; la fée fonçait dans sa direction, emportée comme une flèche par le vent. Mathieu essaya d'ouvrir la fenêtre de sa chambre, mais à peine avait-il posé la main sur la poignée que la nymphette heurta la vitre de plein fouet, la brisant dans un fracas de verre. Elle roula sur le parquet, ses ailes soulevant une épaisse poussière. Heureusement, le choc fut amorti par un ventre blanc et douillet : celui de l'énorme Bougetou, contre lequel la nymphette s'arrêta.

Bougetou était le chien à quatre têtes de Mathieu Hidalf et, tout bien considéré, la nymphette n'avait pas eu tant de chance que cela. Trois des truffes humides de l'animal, bien qu'endormies, reniflèrent la petite fée avidement tandis que la quatrième tête, qui n'aimait pas les cérémonies, refermait ses dents sur elle dans un claquement brusque.

— Bas les mâchoires, Bougetou ! siffla Mathieu. Quand *tu* manges une nymphette, *je* suis puni, je te le rappelle.

La quatrième gueule du chien poussa une sorte de gémissement et recracha la nymphette, qui glissa sur le plancher. Mathieu la recueillit entre ses mains. Les petites ailes dorées claquaient contre ses paumes à cause du froid.

Le cœur de Mathieu Hidalf fit un bond. Contrairement à ce qu'il avait cru d'abord, cette fée n'appartenait pas au service du manoir. Elle était vêtue d'un habit noir sur lequel scintillait un minuscule arbre doré, pas plus grand qu'un ongle : l'emblème des Élitiens.

Dans le vestibule de l'école, un véritable arbre doré se dressait depuis quatre siècles, plus robuste que les marronniers du manoir Hidalf. Chacune de ses branches représentait un membre de l'Élite. C'était avec des fragments de son écorce que l'arbre personnel de chaque élève, cousu sur son uniforme, était créé le jour de sa rentrée. Voilà trois semaines que Mathieu n'avait plus eu le moindre contact avec l'école de l'Élite. Trois semaines qu'il s'efforçait de l'oublier. À la vue de la nymphette, mille souvenirs resurgirent malgré lui.

— Je vous reconnais, dit-il finalement. Vous êtes…

— Javotte, une des nymphettes du capitaine Louis Serra, oui, reconnut la fée en reprenant ses esprits.

— Vous n'êtes pas blessée ? s'inquiéta-t-il. Je n'ai pas réussi à ouvrir la fenêtre avant que le vent vous écrase contre la vitre.

Les ailes de la fée cessèrent de claquer dans sa main. La petite créature se redressa et plongea son regard dans le sien. En guise de réponse, elle murmura :

— Vous êtes banni de l'école de l'Élite, Mathieu Hidalf. Le verdict a été confirmé cet après-midi par la direction. Je suis désolée. Nous sommes tous désolés. Je suis venue pour votre luide.

Les mains de Mathieu se mirent à trembler. Il savait qu'il serait banni, tôt ou tard. Il le savait depuis qu'il avait pénétré dans le bureau de maître Magimel, le notaire des Hidalf, à son retour au manoir. Maître Magimel ne se trompait jamais. Ce jour-là, il avait dit à Mathieu : « En prononçant le Serment noir, vous avez brûlé votre arbre doré, monsieur Hidalf. Vous vous êtes banni vous-même de l'école. C'est une chose injuste, mais rien ni personne ne peut faire renaître un arbre mort. Rien ni personne. »

— Ma luide ? répéta Mathieu en dévisageant la nymphette. Pourquoi la voulez-vous ?

La fée s'envola et fonça droit jusqu'à l'armoire

de sa chambre, disposée à côté de son lit. Un habit noir y était soigneusement rangé, de la taille de Mathieu Hidalf, sur lequel un arbre avait brillé autrefois. Avant que Mathieu commette la plus grosse erreur de sa vie. Avant qu'il provoque la mort de la légendaire Foudre fantôme. Avant qu'il prononce le Serment noir, pour tenter de sauver l'école.

Depuis, Mathieu attendait le jour où la direction confirmerait son bannissement. Ce jour était donc arrivé.

– Oui, votre luide, répondit la nymphette, tirant Mathieu de sa rêverie. L'école a déjà envoyé votre lit dans les profondeurs du lac des Bannis, ce matin. Elle va à présent venir récupérer votre uniforme pour le détruire. C'est la procédure habituelle.

Mathieu avança d'un pas, faisant se redresser Bougetou qui n'attendait qu'un mot pour dévorer cette nymphette impertinente.

– Détruire ma luide ? Jamais je ne vous laisserai faire.

– Vous ne m'avez pas comprise, Mathieu Hidalf, rectifia la nymphette. Les Cœurs noirs viendront la chercher demain pour la détruire. Le capitaine Louis Serra m'a envoyée d'urgence pour que je la récupère avant eux, afin qu'il puisse la mettre à l'abri.

Mathieu dévisagea la fée sans comprendre.

— Louis Serra ne m'a rien révélé de plus, précisa-t-elle. J'ignore pourquoi, mais il ne veut pas que votre luide soit détruite. Faites-lui confiance.

— Je lui ai fait confiance par le passé, indiqua Mathieu d'une voix sourde, tandis que Bougetou grognait pour appuyer son maître.

— Faites-lui confiance à nouveau. Louis Serra est le plus grand des Élitiens, et il ne fait jamais les choses en vain. S'il veut sauver votre luide, Mathieu Hidalf, c'est qu'il existe un espoir.

Soigneusement, sans attendre sa réponse, la fée plia l'uniforme noir comme si elle avait passé des heures à répéter cet exercice. Mathieu n'avait jamais remarqué que le tissu était si fin. La luide ne fut bientôt qu'un petit paquet noir, que la nymphette accrocha entre ses deux ailes. Elle s'envola vers la fenêtre, sous le regard piteux de Bougetou. L'énorme chien jappait, gémissait, grattait le sol, espérant que Mathieu lui dirait juste à temps : « Bon appétit, mon brave ! » Mais la fée plongea du rebord de la fenêtre comme du haut d'une falaise.

Tandis que Bougetou poussait un aboiement déchirant, Mathieu se précipita jusqu'au carreau brisé. Le vent le gifla, la neige l'aveugla ; il distingua seulement, au loin, une minuscule lueur dorée, flottant dans les airs et bientôt engloutie par un nuage.

Un froid polaire avait envahi sa chambre à coucher. Pendant une seconde, Mathieu Hidalf ressembla à celui qui avait fait trembler son père pendant des années. Il ressembla à un génie sur le point d'accomplir un projet dont lui seul a connaissance.

– Demain, les Cœurs noirs viendront chercher ma luide. Mais il sera trop tard.

Sans ajouter un mot, Mathieu s'approcha d'une tapisserie suspendue à un mur de sa chambre. Il la souleva et retira de sa cachette un uniforme noir comme jais. Un uniforme qui faisait précisément sa taille, au centimètre près. *Son* uniforme, l'unique, le vrai.

Celui que la nymphette venait d'emporter avait appartenu à son père lorsqu'il avait à peu près son âge. Il était justement destiné à tromper la direction de l'école, car Mathieu s'était attendu à ce qu'on lui réclame sa luide, pour la détruire.

Il étendit l'habit noir sur son lit et porta malgré lui le regard à l'emplacement du cœur, là où son arbre doré avait étincelé avant qu'il prononce le Serment noir.

Bien sûr, le capitaine Louis Serra ne serait pas piégé longtemps par la vieille luide de son père. Mais Mathieu avait gagné une journée précieuse. C'était bien plus que nécessaire. Car dans quelques heures maintenant, les Élitiens eux-mêmes n'auraient plus aucun contrôle sur le manoir, et plus aucun pouvoir sur lui.

Mathieu passa devant son chien dont les huit yeux globuleux le fixaient sans ciller et ouvrit la porte de sa chambre ; il était l'heure de dîner.

– Je vais m'absenter, Bougetou, annonça-t-il d'une voix rauque. Je vais m'absenter quelques années.

Bougetou, qui n'avait rien compris, s'élança joyeusement devant son maître. Trois de ses gueules avaient une grande discussion avec la quatrième, l'accusant peut-être de ne pas avoir dévoré la nymphette quand il en était encore temps.

– N'aie pas de regret, le consola Mathieu. Cette fée était celle de Louis Serra… Si tu l'avais avalée, sais-tu ce que le capitaine aurait fait de toi ? Un chien à *zéro* tête.

Bougetou comprit sans doute le drame qu'il avait évité, car il poussa un léger gémissement, et fonça sous la table du salon.

*

Perchée sur un lustre de la salle à manger, la petite Anastasia observa d'un œil las l'entrée de Mathieu Hidalf. Voilà trois semaines que la nymphette était chargée de le surveiller, de lire tout ce qu'il lisait, de consulter son courrier, de noter ses moindres faits et gestes. Elle retenait un bâillement, lorsqu'un frisson la parcourut. Mathieu avait levé les yeux vers elle. Non pas d'une manière hasardeuse. Non, il planta son regard noir droit dans le sien, d'un air provocateur, qui signifiait clairement : « Je sais qui vous êtes. Je vous ai repérée. Vous avez déjà perdu la partie. »

En une seconde, la nymphette comprit qu'au lieu de répondre 1 à la question *Mathieu Hidalf vous a-t-il repérée ?*, elle aurait dû mettre un 10.

Mathieu reporta alors son attention sur la petite pendule posée au milieu de la table silencieuse. Il respira profondément. Tout ce qu'il avait dû déployer de mensonge et de génie pour tromper sa famille, au cours de son enfance, n'était rien. Rien à côté de ce qu'il devrait accomplir pendant ce dîner.

Le dernier dîner qu'il passerait au manoir Hidalf avant des années.

Chapitre 2
Les Mémoires de Mathieu Hidalf

École de l'Élite, aile ouest, au crépuscule

Majestueuse, la Foudre fantôme se dressait dans les ténèbres blanches. Sa statue ornait un toit de l'école de l'Élite ; un toit si pentu qu'aucune personne sensée ne pouvait y accéder. La statue avait été placée là quelques jours plus tôt, à l'endroit précis où la biche avait fait sa dernière apparition, avant de basculer dans le vide, le soir de sa mort.

Il avait encore neigé tout le jour et la Foudre fantôme, figée dans la pierre, tournait son museau immobile vers les galeries sombres de l'école, comme si elle avait été inquiète et qu'elle veillait encore sur les élèves et sur les Élitiens.

Les nuages étaient si bas qu'ils semblaient toucher les tours les plus hautes, à la manière d'un grand chapeau posé sur elles. Le jour tomba.

Peu à peu, les galeries de l'école s'illuminèrent ; des vols de nymphettes, ces petites fées étincelantes, parcouraient chaque couloir. L'une d'elles, qui avait dû s'égarer, parcourut les toits pour rejoindre une tour lointaine ; elle semblait porter une sorte de paquet et soufflait à chaque battement d'ailes, épuisée.

Dans sa course, la fée éclaira la statue de la Foudre fantôme. Bien entendu, la biche de pierre n'avait pas bougé, le cou tendu nerveusement dans l'hiver. Mais une silhouette était apparue à côté d'elle, en équilibre sur le toit.

– Roméo ! chuchota une voix empressée. Fais vite, nous allons être repérés…

Sur le toit, Roméo Pompous, un garçon de onze ans, fit ce qu'il faisait le mieux : ignorer les autres. Il commença à épousseter la statue de la Foudre fantôme, avec un torchon qu'il avait emporté à cet effet.

– Reviens vite ! ordonna soudain la voix de Pierre Chapelier, un peu plus forte que la précédente. Quelqu'un approche !

Roméo fronça les sourcils et tourna la tête vers la fenêtre qu'il avait enjambée un instant plus tôt pour accéder à la statue. Ses deux amis, Pierre Chapelier et Octave Jurençon, agitaient les bras dans sa direction, pour l'inciter à faire demi-tour.

Mais il était trop tard pour fuir. Une autre

fenêtre claqua à côté d'eux et une silhouette majestueuse se dessina dans les ténèbres : celle de la redoutable comtesse Dacourt. En reconnaissant la directrice adjointe de l'école, Roméo hésita presque à sauter dans le vide ; cela valait peut-être mieux que de l'affronter.

– Je crois rêver ! rugit la comtesse. Roméo Pompous, est-ce bien vous qui êtes en équilibre au sommet d'un toit glissant, sans la moindre corde pour vous assurer ?

Il fut un temps où Roméo aurait pu se faire passer pour Mathieu Hidalf, qui lui ressemblait beaucoup, surtout dans l'obscurité. À cet instant, s'il l'avait pu, il aurait usé de ce stratagème sans le moindre remords. Mais voilà plusieurs semaines que personne n'avait aperçu Mathieu Hidalf, et Roméo préféra jouer la carte de l'honnêteté :

– C'est bien moi, madame la comtesse !
– Revenez immédiatement dans l'école ! dit-elle d'un ton cinglant, peu sensible à ses aveux. Et prenez garde, mon garçon : si vous tombez, je vous promets le pire châtiment jamais infligé à un mourant dans l'histoire de l'école de l'Élite.

Pour se donner du courage, Roméo observa le museau de la Foudre fantôme. Mais la statue avait soudain l'air aussi froid que la comtesse Dacourt.

La directrice le fit rentrer à l'intérieur de l'école en le tirant par une oreille. Pierre Chapelier, un garçon de treize ans aux cheveux blonds comme les blés et aux yeux noirs comme deux puits, avait reculé contre un mur. À ses côtés, Octave Jurençon, même s'il le dépassait d'une tête, semblait deux fois plus petit que lui, tant il était apeuré.

— Imbécile, bredouilla-t-il à l'intention de Roméo. Nous t'avions dit de revenir…

— Je ne crois pas qu'il faille distinguer un imbécile parmi vous trois, monsieur Octave Jurençon, rectifia la comtesse Dacourt. Quoique M. Pompous, comme à son habitude, ait obtenu le premier rôle.

— Je voulais seulement nettoyer la statue de la Foudre fantôme ! protesta Roméo en essayant de dégager son oreille des doigts de la comtesse (ce qui ne fit que lui arracher un gémissement de douleur).

— Nettoyer la statue de la Foudre fantôme ? répéta Armance Dacourt. Pour chuter comme elle du sommet de l'école et vous rompre le cou cent mètres plus bas ? Brillante idée, monsieur Pompous. Vous ne croyez pas qu'il y a eu ces temps-ci suffisamment de blessés et de morts pour ne pas risquer votre vie en *nettoyant* une statue ? À l'heure qu'il est, les parents du royaume réclament la fermeture de l'école. Vous le savez : un seul incident peut suffire à leur donner raison.

La comtesse se tut. La fureur faisait palpiter une

veine à son front, si fine qu'elle était habituellement invisible. Depuis la récente attaque des frères Estaffes, les ennemis légendaires du royaume, la noblesse menaçait fréquemment de fermer l'école de l'Élite, ce qui n'aurait pour seule conséquence que de mettre les élèves en danger de mort. La galerie au milieu de laquelle se dressaient la directrice et les trois garçons fut brusquement traversée par un flot d'élèves de tous âges, dont le seul et unique point commun était leur uniforme noir et l'arbre doré cousu à l'emplacement du cœur. Ils marchaient à grands pas, échangeaient des regards rapides et chuchotaient avec excitation.

– Il paraît que Mathieu Hidalf a été banni cet après-midi, annonça l'un d'eux.

– C'est impossible, Hidalf est le chouchou du capitaine Louis Serra, répondit un autre, si absorbé par sa conversation qu'il passa près de la directrice sans la voir.

– Je vous assure que si, renchérit le premier. J'ai même entendu dire que son lit a déjà disparu de la bibliothèque… pour être envoyé au fond du lac des Bannis ! Je n'aime pas Hidalf, mais pour le coup, c'est un vrai scandale ! À l'heure qu'il est, c'est le traître qui doit se réjouir.

La comtesse Dacourt, qui tenait toujours l'oreille de Roméo entre ses doigts, se raidit malgré elle, si bien qu'elle pinça le pauvre garçon un peu plus fort. Remarquant la directrice, le groupe d'élèves inclina la tête sans ajouter un mot, disparaissant hâtivement dans le premier escalier. La galerie redevint lugubre et silencieuse.

— Bien, reprit la comtesse, je n'en ai pas fini avec vous, messieurs. Roméo Pompous, puisque vous tenez à ce point à nettoyer les statues de l'école, j'ai une excellente nouvelle à vous annoncer ; il y a dans la galerie des Helios un bon millier de sculptures qui n'attendent que votre dévouement pour retrouver l'éclat de leur prime jeunesse. Je vous laisse jusqu'à l'hiver prochain pour les dépoussiérer.

— Oui, madame, mais pourriez-vous tout de même lâcher mon oreille ? proposa Roméo. Chaque fois que vous êtes contrariée, vous la tordez un peu plus sans vous en rendre compte et je ne tiens pas à avoir les oreilles décol…

— Je ne veux plus voir l'un de vous sur un toit, c'est entendu ? l'interrompit la comtesse. Et avant que vous rejoigniez les autres élèves, j'aimerais vous poser une question.

Armance Dacourt parut embarrassée un bref instant, ce qui ne lui ressemblait guère. Sa voix devint plus douce, presque chaleureuse. Roméo peinait à reconnaître la jeune femme qui venait de le condamner à épousseter des centaines d'œuvres d'art comme s'il s'agissait d'une simple formalité.

– Avez-vous reçu des nouvelles de la part de Mathieu Hidalf, ces derniers jours ? demanda-t-elle. Je suis inquiète pour lui.

Roméo allait dire quelque chose, mais un mouvement de la directrice provoqua une douleur si vive à son oreille déjà écarlate qu'il se contenta de pousser un nouveau gémissement. Ce fut Pierre Chapelier, d'ordinaire si peu bavard, qui prit la parole.

– Nous lui avons écrit tous les jours depuis l'enterrement de la Foudre fantôme, madame. Mathieu n'a répondu à aucune de nos lettres. Il paraît qu'il ne quitte plus sa chambre. J'ai peur pour lui, moi aussi.

Les trois garçons et la directrice se turent. Au loin, toutes les galeries de l'école étaient redevenues silencieuses. C'était à croire qu'elles étaient vides.

– Madame, est-ce que c'est vrai ? interrogea alors Octave Jurençon, dont les bras ballants semblaient trop grands pour sa taille. Est-ce que Mathieu a été banni *officiellement* ?

La comtesse avait tourné le dos aux trois Prétendants.

– Nous n'avons rien pu faire pour l'éviter, dit-elle. Il s'est banni lui-même le jour où il a prononcé le Serment noir. Son arbre doré est détruit. Et nous n'avons aucun moyen de le faire renaître.

Si l'un de vous obtient des nouvelles de la part de Mathieu, qu'il vienne me voir immédiatement. En attendant, soyez prudents. Ne quittez pas les allées surveillées de l'école. Ne vous aventurez pas dans les bois. Et ne faites confiance à aucune nymphette. Pas avant que le traître ait été démasqué.

Armance Dacourt avait usé d'un ton sévère. Pourtant, le fait qu'elle ait nommé Mathieu Hidalf par son seul prénom était sans doute la plus grande marque d'affection qu'elle ait jamais témoignée à un élève. Elle lâcha enfin l'oreille de Roméo, puis avança d'un pas hésitant dans la direction suivie un instant plus tôt par les autres élèves.

Roméo, qui avait appliqué sur son oreille meurtrie le torchon gelé dont il s'était servi pour nettoyer la Foudre fantôme, s'écria vivement :

– Moi, j'ai bien reçu une lettre de Mathieu ! Mais il est hors de question que j'en parle à la comtesse. Quel scandale ! Je parie qu'elle a juré de me décoller les oreilles pour que Juliette d'Or refuse de m'épouser !

Pierre et Jurençon étaient figés, mais à vrai dire, ils se moquaient bien des oreilles décollées de Roméo Pompous et de son amour éperdu pour Juliette d'Or, l'aînée de la fratrie Hidalf, qui avait sept ans de plus que lui.

– Tu as reçu une lettre de Mathieu ? s'étrangla Pierre.

Pour la première fois, un éclair de jalousie scintilla dans son œil noir. Comment était-il possible que Mathieu ait écrit sa seule lettre à Roméo… et pas à lui, qui avait toujours été son plus proche ami ?

— Mathieu a décidé d'écrire ses Mémoires, dévoila fièrement Roméo. Mais ne le répétez pas, il m'a demandé de n'en parler à *personne*.

— Ses *Mémoires* ? bredouilla Jurençon, comme s'il n'y comprenait rien.

— C'est ce qu'écrivent les gens quand ils ont une vie intéressante, siffla Roméo. Mathieu compte notamment raconter son chef-d'œuvre : comment il a marié le roi contre son gré à la grand-mère édentée, il y a un an, précisa-t-il. Vous vous souvenez que cette vieille sorcière avait utilisé son célèbre maléfice pour endormir tout le royaume ? C'est à ce sujet que Mathieu m'a écrit. Le soir où la grand-mère édentée a jeté son maléfice de sommeil, les Élitiens, eux, ne s'étaient pas endormis. Mathieu m'a prié de demander des renseignements au mage Poucet Bergamote sur ce point. Il veut savoir pourquoi les Élitiens n'ont pas été touchés par le sortilège de sommeil, ce soir-là, afin de pouvoir l'expliquer dans ses Mémoires.

— Et qu'a répondu le professeur Bergamote ? demanda vivement Pierre, en observant la galerie par-dessus son épaule pour s'assurer qu'ils étaient seuls.

Roméo reprit à voix basse :

— Bergamote m'a dit qu'en réalité, le soir du banquet, les Élitiens ont été touchés, comme tout le monde, par le sortilège de sommeil. Mais savez-vous pourquoi ils y ont résisté ? Grâce au pouvoir de l'arbre doré cousu sur leur uniforme... Plus un Élitien est proche de l'école, plus son arbre est puissant, voilà pourquoi ils ne se sont pas endormis ce soir-là. Mais d'après Bergamote, s'ils avaient été plus éloignés du château, les Élitiens auraient succombé immédiatement au sortilège. Belle découverte, n'est-ce pas ? En tout cas, Mathieu pourra expliquer le phénomène dans ses Mémoires... J'ai hâte de les lire ! Il m'a assuré que j'en serais un des personnages... et dans le genre *personnages principaux*, si vous voulez mon avis ! On peut dire ce qu'on veut de lui, Mathieu est un ami, un vrai !

Octave Jurençon avait les yeux plissés ; sans doute se rappelait-il cette lointaine soirée où, pour la première fois, il avait rencontré Mathieu Hidalf à l'occasion de l'anniversaire de son oncle. Car Octave Jurençon, que tout le monde appelait par son nom de famille, était le neveu du roi en personne, ce qui lui valait souvent les moqueries de ses camarades. Il rabattit ses longs cheveux blonds derrière ses oreilles d'un air soudain inquiet.

— Mathieu veut *endormir* les Élitiens, dit-il, perplexe.

— Endormir les Élitiens ? répéta Roméo en secouant la tête d'un air navré. Mon pauvre Jurençon, tu n'as rien compris. Il veut écrire ses *Mémoires*.

— Pourquoi veut-il les endormir et comment va-t-il s'y prendre, voilà la question ! dit Pierre au neveu du roi. Vite… Prévenons Tristan Boidoré. Il pourra alerter Juliette d'Or, je sais qu'elle est au manoir Hidalf cette semaine.

Pierre et Jurençon s'enfoncèrent dans une galerie, sous le regard intrigué de plusieurs nymphettes. Roméo, les yeux toujours rivés sur la statue de la Foudre fantôme, n'avait même pas remarqué leur départ. Il fronça les sourcils.

— Vous pensez donc que Mathieu a inventé cette histoire de Mémoires et qu'il s'est servi de moi pour obtenir des informations, afin d'endormir les Élitiens ? Mais pourquoi voudrait-il les endormir ?

Seule la statue de la Foudre fantôme répondit à sa question, par un silence long et vexant. Roméo referma la fenêtre que la comtesse Dacourt avait laissée entrouverte. Son reflet déformé se dessina dans la vitre noire. Il poussa alors un bref bâillement, qui couvrit la vitre de buée. En voyant son reflet se troubler, Roméo sentit son cœur s'emballer. Il venait d'être saisi d'un horrible pressentiment.

— Et si... Et si ce n'était pas les Élitiens que Mathieu voulait endormir mais... mais *moi* ? balbutia-t-il. Et s'il voulait m'endormir pendant un siècle d'un sommeil de mort ?

À bien y réfléchir, même si Mathieu était devenu son ami, les deux enfants s'étaient toujours détestés du fond du cœur.

— À moi ! s'écria Roméo. Mathieu Hidalf va demander à la grand-mère édentée de me plonger dans un sommeil de mort !

Roméo s'enfuit en courant et percuta de plein fouet une silhouette noire. La silhouette ne bougea pas d'un pouce ; Roméo, lui, tomba en arrière. Il reconnut Peter de Nemours, un Élitien si réputé pour son charme que les jeunes filles du royaume le surnommaient même « Peter de Velours ».

— Vous vous portez bien, monsieur Pompous ? demanda-t-il, une main posée sur le pommeau de son épée. Quelqu'un vous poursuit ?

— Personne. Je... Je crois... que j'ai sommeil.

— En effet, vous semblez fatigué.

— Vraiment ?

— Vous devriez aller vous coucher, conseilla Peter.

Livide, Roméo recula d'un pas.

— Me coucher ? s'étrangla-t-il. Surtout pas ! Je risquerais de m'endormir !

Et il s'enfuit en courant dans un autre escalier,

criant à qui pouvait l'entendre que Mathieu Hidalf voulait l'endormir à tout jamais d'un sommeil de mort, pour le punir d'être un Pompous et d'avoir embrassé l'une de ses sœurs, pendant une pièce de théâtre.

Le pauvre garçon essaya bien d'avertir la comtesse Dacourt de la gravité de la situation. Mais pour l'aider à lutter contre le sommeil, la directrice se contenta de lui prêter un gros réveil doré, posé sur son bureau.

— J'y tiens beaucoup, précisa-t-elle. Prenez-en soin.

— Un réveil ! s'écria tragiquement Roméo, en entrant un instant plus tard dans la bibliothèque de l'école, qui servait de dortoir à tous les Prétendants. Est-ce qu'on lutte contre un sortilège de mort lancé par la célèbre grand-mère édentée avec un réveil ? Autant défier Louis Serra en duel avec une fourchette ! Mathieu Hidalf et Armance Dacourt ont juré ma perte !

*

Manoir Hidalf, cabinet de travail de M. Hidalf, au crépuscule

M. Rigor Hidalf était assis seul dans les ténèbres de son cabinet de travail. C'était une pièce meublée comme une chambre royale, parfaitement ordonnée, dans laquelle régnait toujours un silence austère. Des fauteuils verts, aux dossiers ornés de tapisseries démodées, étaient soigneusement disposés autour d'un long bureau. Personne ne s'était jamais assis dans ces fauteuils ; ils coûtaient bien trop cher, selon M. Hidalf, pour qu'on s'assoie dedans.

En face du bureau, un tableau représentait l'illustre Armémon du Lac, consul de Darnar, dont M. Hidalf convoitait la place depuis longtemps. Le portrait avait été peint vingt ans plus tôt, lorsque le vieux consul était déjà tout à fait en âge de mourir de vieillesse. Mais ce cher Armémon du Lac avait décidé de vivre au-delà du raisonnable, et exerçait toujours ses fonctions.

Au-dessus de M. Hidalf, un lustre à nymphettes accueillait ordinairement une cinquantaine de fées triées sur le volet et qui auraient suffi à illuminer le manoir entier.

Pourtant, ce soir-là, aucune nymphette n'éclairait le vaste bureau. Un chandelier à trois chandelles étincelait à côté de M. Hidalf. Sans un mot, il observait son reflet dans les vitres noires d'une fenêtre : le reflet d'un homme las et fatigué.

Un vieil ouvrage, sur lequel luisait un arbre doré, l'emblème des Élitiens, était posé sur son bureau. La main de M. Hidalf recouvrait l'arbre mystérieux lorsque la porte du cabinet s'ouvrit dans son dos. Il reconnut la silhouette de son épouse dans la vitre. Celle-ci resta un instant sur le seuil. Elle était éblouissante dans cette obscurité, et charmante parmi ces fauteuils ignobles et ce tableau grotesque.

— Rigor, dit-elle, Mathieu est banni.

— Je sais, répondit-il.

— Je suis inquiète, Rigor. Mathieu a changé. Je ne l'ai jamais vu si sage. Je ne l'ai jamais vu si silencieux. Il y a dans ses yeux une lueur qui ne me plaît pas du tout.

— Si je comprends bien, le problème est donc que notre fils est devenu sage et silencieux? répliqua M. Hidalf. C'est précisément ce que j'attends depuis toujours.

— Je suis inquiète, Rigor, insista Mme Hidalf. Mathieu a vu des choses que nous ne pouvons pas imaginer. Il a vu la Foudre fantôme mourir. Il a détruit son propre arbre doré. Il a fait face aux frères Estaffes. Certains médecins sont d'avis que le Serment noir détruit également une partie de celui qui le prononce...

M. Hidalf continua de tourner le dos à son épouse ; d'un geste lent, il dissimula le vieil ouvrage posé devant lui.

— Emma, dit-il enfin, notre fils ne deviendra jamais élitien. Nous savions depuis le début qu'il serait renvoyé un jour ou l'autre de l'école de l'Élite. Il sera sous-consul, comme moi et son grand-père avant lui. Avec un peu de chance, si le vieil Armémon du Lac se décide enfin à mourir, Mathieu deviendra même consul de Darnar. Je ne vois à vrai dire aucun motif qui justifie sa tristesse, bien au contraire. Un illustre destin attend Mathieu. Et je compte bien qu'il en soit digne.

M. Hidalf dissimula ses mains qui tremblaient en sentant son épouse se crisper derrière lui. Elle répliqua d'une voix cinglante :

– Vous me faites parfois penser aux fauteuils de votre bureau, Rigor, dans lesquels vous n'autorisez personne à s'asseoir. Vous êtes un homme plein de dorures, sur lequel on ne peut jamais compter. Nous passons à table.

Lorsqu'elle voussoyait son mari, c'est que l'heure était grave. M. Hidalf rapprocha ses deux mains l'une de l'autre. Il ne réussit pas à se retourner et annonça simplement :

– Vous dînerez sans moi. Je dois travailler.

Dans le reflet de la fenêtre, il ne vit qu'une porte se fermer sur la silhouette de son épouse. S'il avait su que ces mots étaient les plus intenses qu'il échangerait avec elle pendant très longtemps, il se serait sans doute levé pour la retenir.

Chapitre 3
Le dernier défi de Mathieu Hidalf

Assis à la table du grand salon, Mathieu évitait soigneusement le regard de ses trois sœurs, Juliette d'Or, Juliette d'Argent et Juliette d'Airain. L'aînée avait dix-sept ans, et passait pour la plus belle jeune fille du royaume (ce qui aurait été indéniable sans deux oreilles décollées, qui n'empêchaient pas, cependant, Roméo Pompous d'être fou amoureux d'elle). Ses lèvres incarnates s'étiraient sous un nez parfait, aux ailes si fines et blanches qu'aucune statue ne pouvait se vanter de posséder un nez plus gracieux. Mathieu sentait son menton et son buste droit, ses yeux étincelants braqués dans sa direction comme ceux d'un aigle, qui attend le faux pas d'une souris pour refermer ses griffes sur elle. La cadette avait douze ans. Elle aussi le scrutait avec attention. Son visage arrondi semblait plus soucieux que d'habitude. La benjamine,

Juliette d'Airain, n'avait pas touché à son assiette, trop occupée à épier les faits et gestes de son frère, qu'elle essayait d'analyser en cachette.

Les trois Juliette avaient compris que quelque chose se tramait, Mathieu en était convaincu. Elles le connaissaient mieux que quiconque. Elles savaient décrypter le moindre pli sur son front, le moindre frémissement de ses sourcils, la moindre intonation de ses silences. Tromper une Juliette était une chose devenue presque impossible au fil des ans. Tromper les trois avait toujours été au-dessus des moyens de Mathieu Hidalf.

Pour l'instant, heureusement, elles n'avaient rien osé dire. Heureusement, car il ne savait pas s'il serait parvenu à leur mentir.

Il n'y avait d'autres bruits dans le salon que le ronflement léger de maître Magimel, endormi auprès du feu. De sa place, Mathieu ne voyait que sa chevelure blanche. Il aurait voulu qu'il soit éveillé. Il aurait voulu qu'il soit présent pour ce dernier dîner. Mathieu plongea pour la troisième fois sa cuiller d'argent dans son assiette de soupe, sans en avaler la moindre gorgée ; la cuiller, alourdie par le regard des trois Juliette, pesait une tonne dans sa main et retomba dans l'assiette.

— Papa ne mange pas avec nous, ce soir ? interrogea soudain la petite Juliette d'Airain, en dévisageant sa mère avec gravité.

– Votre père..., commença celle-ci.

– ... vous prie de l'excuser pour son retard, acheva derrière elle la voix familière de M. Hidalf.

Juliette d'Or considéra ses parents d'un œil soupçonneux, puis reporta son attention sur Mathieu, comme si de rien n'était. Le silence revint et, pendant quelques minutes, fut suffocant. Mathieu s'apprêtait à plonger une fois de plus sa cuiller dans son assiette, pour la reposer une seconde plus tard, quand son père prit la parole :

– Je suis en retard parce que je cherchais quelque chose, à vrai dire. Quelque chose que j'aimerais vous montrer.

Les quatre enfants se redressèrent tandis que Mme Hidalf elle-même observait son mari avec un élan de curiosité. M. Hidalf venait de poser un vieil ouvrage aux pages racornies sur la nappe. Un arbre doré presque éteint luisait sur la couverture.

– Un album de l'école de l'Élite ? s'étonna Mathieu en quittant sa chaise pour rejoindre son père.

– *Mon* album de l'école de l'Élite, répondit fièrement M. Hidalf. Celui que je possédais à ton âge ! Je l'ai soigneusement conservé. Tout comme ma luide... mais je ne suis pas parvenu à remettre la main dessus.

Mathieu hésita à lui dire qu'elle était actuellement entre les mains du capitaine Louis Serra.

Il préféra se pencher sur le vieil album ; tous les enfants du royaume, depuis des siècles, en possédaient un ; ils y collectionnaient des vignettes représentant les Élitiens de l'époque et d'autres personnalités de l'école.

M. Hidalf ouvrit une page sans même consulter son numéro, comme s'il connaissait l'album par cœur.

– Regardez-moi ça ! chuchota-t-il sur le ton de la confidence. La page du directeur… Reconnaissez-vous ce vieil hurluberlu ?

Les trois Juliette se levèrent à leur tour, entourant leur père. Il désignait un vieillard à l'air malicieux, portant une courte barbe blanche.

– Mais c'est maître Magimel ! s'exclama Mathieu en posant un doigt sur le portrait du notaire de la famille Hidalf.

– Il n'a pas vieilli, constata la petite Juliette d'Airain.

– Tu veux dire qu'il était déjà aussi vieux il y a trente ans qu'aujourd'hui, Juliette, rectifia M. Hidalf avec sagesse.

Les quatre enfants tournèrent la tête vers le juriste, endormi dans son fauteuil. Avant d'entrer au service de la famille Hidalf, maître Magimel avait longtemps dirigé l'école de l'Élite, dont il connaissait les moindres secrets.

M. Hidalf tourna une nouvelle page. À la vue de

l'image qui suivait, ses quatre enfants s'éloignèrent lentement et retournèrent à leur place, sans prononcer un mot. Elle représentait une biche argentée, au-dessous de laquelle on pouvait lire : *Voilà plus de vingt ans que personne n'a aperçu la Foudre fantôme. Certains prétendent qu'elle n'a jamais existé et qu'elle n'est qu'une légende.*

Tandis que Mathieu contemplait la biche majestueuse, son père annonça d'une voix grave, qu'il s'efforçait de rendre chaleureuse :

– Lorsque j'avais votre âge, personne ne croyait à l'existence de la Foudre fantôme. Je m'étais dit que je la trouverais, comme tous les nouveaux élèves. Comme tous les nouveaux élèves, je n'y suis jamais parvenu. Vous savez ce qu'on disait à son sujet ? Que cette biche était une créature helios… Comme toujours, quand on parlait des Helios, tout le monde levait les yeux au ciel comme s'il s'agissait d'une fable, en espérant pourtant qu'il y ait une part de vérité.

Un calme songeur parcourut la longue table. Les Helios peuplaient une île lointaine et légendaire. D'après ceux qui avaient pu les fréquenter, ils possédaient d'incroyables pouvoirs et pouvaient vivre bien au-delà d'un siècle. Mathieu Hidalf avait toujours admiré les Helios et leurs mystères, du moins jusqu'au jour où il avait appris que les plus grands adversaires du royaume, les frères Estaffes, n'étaient autres que cinq Helios. M. Hidalf, comme s'il avait lu dans ses pensées, reprit la parole :

— Certes, les frères Estaffes et leur serviteur, celui qui a trahi les Élitiens, ont tué la Foudre fantôme. Mais ils ont rappelé à tout le monde à quel point elle était gracieuse, véloce et puissante du temps où elle vivait. Je dis peut-être une bêtise, mais je crois qu'il vaut mieux que cette créature ait péri devant toute l'école plutôt qu'elle soit tombée dans l'oubli.

— Père, intervint Juliette d'Or avec une inquiétude soudaine, les rumeurs prétendent que l'école de l'Élite pourrait fermer ses portes… à cause de la disparition de la Foudre fantôme, à cause de l'attaque des frères Estaffes et de ce traître. Est-ce que vous pensez… que cela pourrait réellement se produire ?

— L'école ne fermera jamais, intervint Mathieu, catégorique. Le capitaine Louis Serra refusera de le faire. Je le sais bien.

— Louis Serra n'est pas le seul à pouvoir en décider, objecta M. Hidalf avec un grand sérieux. La noblesse est devenue le principal actionnaire de l'école ; en d'autres termes, elle peut ordonner sa fermeture à tout moment. Mais à moins qu'il y ait une nouvelle attaque, ou un incident, je ne crois pas que l'école fermera de sitôt… Elle a déjà traversé des crises aussi graves par le passé. Je suis persuadé que les esprits vont bientôt s'apaiser… et qu'elle restera ouverte.

— Je pourrais peut-être y entrer, dans ce cas, fit remarquer la petite Juliette d'Airain, qui avait toujours rêvé de devenir élitienne.

— Pourquoi ? demanda Mathieu d'un air faussement étonné. Tu es devenue un garçon ?

La petite Juliette rougit jusqu'aux oreilles.

— Un jour, les jeunes filles auront le droit d'entrer à l'école, tout comme vous.

— Juliette, grogna M. Hidalf, ne dis pas de sottises, je te prie. Au mieux, tu seras mariée à un Élitien, voilà tout.

— Elle épousera Roméo Pompous, sûrement, reprit Mathieu avec désinvolture.

Mme Hidalf s'apprêtait à se mêler à la discussion mais à cet instant, Bougetou, qui dormait paisiblement sous la table, poussa un tel hurlement qu'il fit sursauter tout le monde, hormis le vieux maître Magimel, qui continua de ronfler.

L'énorme chien à quatre têtes surgit hors de son refuge, renversant presque la chaise de M. Hidalf.

— Que se passe-t-il ? s'inquiéta Juliette d'Or.

— Bougetou a été empoisonné ? balbutia Juliette d'Argent.

— Cette fois-ci, je n'y suis pour rien, se défendit M. Hidalf.

— Il doit sentir quelque chose, fit remarquer

Mme Hidalf. Je ne l'ai jamais vu se comporter de la sorte.

– Mathieu sait pourquoi, dit Juliette d'Airain, qui scrutait toujours son frère.

Les regards de la famille se tournèrent avec lenteur vers la chaise de Mathieu. Il était debout, le teint pâle, l'air absent. Son air redoutable avait disparu. Jamais, au moment de mettre l'un de ses plans à exécution, il n'avait paru si démuni. Bougetou s'allongea brusquement devant la cheminée, plongeant ses quatre têtes dans le tapis du salon comme pour disparaître sous terre. Le calme était revenu aussi vite que la tempête s'était levée. Mathieu avait les yeux rivés sur la petite pendule. Elle sonna brusquement neuf coups.

– Tu as quelque chose à nous annoncer, Mathieu ? demanda Mme Hidalf avec un mauvais pressentiment.

– Oui.

Un silence terrible se fit dans la salle. Il sembla durer une éternité. On entendait seulement le battement d'ailes de quelques nymphettes, se rapprochant de la table des Hidalf. Mathieu était devenu méconnaissable.

– Je voulais vous dire que vous aviez raison, père, bredouilla-t-il enfin. Après tout, la Foudre fantôme n'est qu'une biche… Elle a disparu. Et nous n'y pouvons rien, n'est-ce pas ?

M. Hidalf se tourna vers son fils, voulant répliquer qu'il n'avait jamais rien dit de tel, mais il n'ouvrit pas la bouche. La petite Juliette d'Airain étouffa un bâillement. C'était l'indice que Mathieu attendait.

– Je voulais vous dire, continua-t-il, que j'espère… j'espère vraiment que vous… que vous m'aimerez toujours… Quoi que je puisse faire… Quoi que je puisse faire, j'espère que vous m'aimerez toujours… Dans un an… dans deux ans… ou davantage…

À côté de Mme Hidalf, Juliette d'Airain poussa un nouveau bâillement. Mathieu lui adressa un dernier regard et un sourire figé, que la petite fille lui rendit avant de sombrer dans un sommeil sans rêve. La lueur des nymphettes qui éclairaient la table commença curieusement à décroître. L'une d'elles, la petite Anastasia, fondit dans la nuit pour alerter les Élitiens. Elle ne franchirait même pas l'enceinte du manoir. La magnifique Juliette d'Or tourna vers son frère des yeux remplis de larmes.

– Mathieu, lâcha-t-elle, que fais-tu ?

À peine avait-elle fini sa phrase qu'elle s'assoupit à son tour, contre Juliette d'Argent. La chevelure des deux sœurs se mêla dans un éclat immobile d'or et de brun.

– Bien sûr que nous t'aimerons toujours, assura Mme Hidalf en se levant, la main posée sur la table comme si elle était affaiblie. Pourquoi dis-tu de telles sottises ?

— Parce que nous allons être séparés pendant des années, mère. Je suis désolé.

M. Hidalf leva lentement la main, pour retenir son fils, mais Mathieu reprit, d'une voix de plus en plus lointaine, comme s'il s'éloignait à chaque mot :

— J'ai conclu un pacte avec la grand-mère édentée. Comme le jour de mes dix ans, elle va vous endormir. Vous vous réveillerez demain matin, à l'aube. Mais pas moi. Je ne me réveillerai pas. Pas avant le jour de mes dix-huit ans. Je suis désolé. Je suis… fatigué… mère. J'ai besoin de dormir.

M. et Mme Hidalf ne prononcèrent pas un mot. Pâles et muets, ils plongèrent longuement leurs yeux dans ceux de leur fils.

— Père, promettez-moi de ne jamais réclamer la fermeture de l'école, ajouta Mathieu.

Dehors, la neige recommençait à tomber, recouvrant la nuit noire d'une étendue blanche. Mme Hidalf s'affaissa sur sa chaise avec lenteur, la tête tournée vers Mathieu, et s'endormit. M. Hidalf ouvrit la bouche, comme pour prononcer un dernier mot, mais il n'en sortit qu'un long bâillement, irrépressible. Sa tête se coucha sur son album de l'école, recouvrant la vignette luisante de la Foudre fantôme.

Trois des gueules de Bougetou ronflaient déjà. La dernière poussa un long aboiement, qui ressemblait au cri d'un loup, un cri féroce, avant que ses pattes s'effondrent sous lui.

Une sorte de pluie de lumière tomba alors à l'intérieur du manoir. C'était toutes les nymphettes qui chutaient en plein vol, plongeant la demeure dans l'obscurité la plus complète.

Seul Mathieu était encore debout. Un instant, il resta immobile, un sourire figé aux lèvres. Un sourire qui n'avait rien d'heureux. Au contraire, quand ses lèvres commencèrent à trembler, il comprit qu'il risquait de faiblir.

Il embrassa sa mère sur les cheveux, puis se détourna de la table sans un regard et monta jusqu'à sa chambre, au sommet de la tour des Enfants. Dehors, la nuit avait tout englouti. Anastasia ne pourrait pas alerter le capitaine Louis Serra avant le lever du jour. Mathieu y avait veillé : elle dormait elle aussi. Le manoir entier dormait. Lorsque les Élitiens se rendraient compte de ce qu'il était en train de faire, il serait trop tard pour qu'ils l'en empêchent. Et même s'ils étaient prévenus, ils ne pourraient pas pénétrer dans l'enceinte du manoir avant l'aube. Après tout, c'était la seule chose que Mathieu n'avait pas encore accomplie, le seul défi qu'il lui restait à réaliser : tromper Louis Serra et tous les Élitiens.

Alors que chacun l'imaginait se morfondant dans sa chambre, à chercher des moyens de faire renaître son arbre doré, il avait préparé l'impossible : dormir jusqu'au jour de sa majorité.

Il enfila la luide au cœur éteint posée sur son lit. Le contact du tissu noir le fit frémir. Sans l'arbre doré qui le réchauffait autrefois, l'uniforme ressemblait à une peau morte.

La fenêtre brisée par la nymphette de Louis Serra laissait entrer un vent glacial. Quelques flocons de neige tourbillonnaient dans la chambre avant de fondre sur le parquet. Mathieu s'allongea sous sa couverture. Qui n'avait jamais rêvé de s'endormir une nuit, et de s'éveiller des années plus tard ? Il ferma les yeux. La grand-mère édentée avait été très claire : il lui suffisait désormais de céder au sommeil pour que le maléfice fasse effet pendant presque sept années.

Il lui sembla entendre un craquement dans les marches de l'escalier. Il n'y prit pas garde. Mais un instant plus tard, le même craquement se répéta, suivit d'un troisième. Mathieu se redressa, le cœur battant. Quelqu'un gravissait les marches de la tour des Enfants.

*

École de l'Élite, bibliothèque des Prétendants

La plupart des Prétendants élitiens, harassés par les conditions difficiles des exercices du jour, dormaient profondément aux quatre coins de la bibliothèque dans laquelle ils avaient placé leur lit.

À vrai dire, seuls les voisins de Roméo Pompous n'arrivaient pas à trouver le sommeil. Ce dernier, toutes les dix minutes, faisait sonner un réveil, de peur de tomber sous l'emprise d'un sortilège que Mathieu Hidalf lui aurait lancé. Pierre Chapelier avait eu beau lui faire remarquer que Mathieu n'avait aucun intérêt à le plonger dans un sommeil de mort, Roméo n'en démordait pas. Il venait de prendre la décision irrévocable de ne plus jamais dormir de sa vie, même s'il devait en mourir.

Dix minutes de silence venaient de s'écouler dans la bibliothèque, lorsqu'une sonnerie stridente retentit à nouveau, interrompant plusieurs ronflements.

— Fais sonner encore une fois ce réveil, lança soudain un élève, et j'envoie ton lit au fond d'un lac, avec toi ficelé à l'intérieur !

— Si comme moi tu risquais de t'endormir d'un sommeil de mort, imbécile, tu n'aurais plus envie de dormir ! répliqua courageusement Roméo Pompous, sans même savoir à qui il s'adressait.

Sur ces mots, il régla savamment la sonnerie de son réveil dix minutes plus tard.

*

Manoir Hidalf, chambre de Mathieu Hidalf, au sommet de la tour des Enfants

Assis sur son lit, Mathieu retenait son souffle. La situation lui échappait. Quelqu'un, dans le manoir, avait résisté au sortilège de sommeil. C'était pourtant impossible. Immobile, il vit la poignée de sa porte tourner lentement, comme si celui qui arrivait avait craint de le réveiller. Le battant s'ouvrit alors dans un grincement insupportable. Une silhouette immense et voûtée se dessina dans l'encadrement. Elle tenait une bougie à la main, qui éclairait à peine les contours de son visage et de sa barbe blanche.

– Maître Magimel ? bredouilla Mathieu. Co… Comment… Comment avez-vous fait ?

Le vieux notaire des Hidalf posa sur lui un regard indéfinissable, où Mathieu découvrit pour la première fois une étrange tristesse. Le juriste portait son habituelle robe de chambre bleue, à boutons d'or. La bougie accentuait chaque creux de son visage. Maître Magimel la déposa sur la table de chevet de Mathieu et s'assit dans le fauteuil où Mme Hidalf avait lu tant d'histoires à ses enfants.

— Il n'existe qu'un seul moyen de résister à un sortilège de sommeil, expliqua-t-il calmement. Curieusement, cet unique moyen est de dormir. J'étais déjà assoupi lorsque le sortilège s'est déployé, Mathieu.

Pendant un instant, maître Magimel ne prononça plus un mot. Des flocons de neige tourbillonnaient autour de lui comme une couronne éphémère. Il dévisageait Mathieu comme s'il cherchait à percer ses moindres secrets.

— La Foudre fantôme devait mourir. C'était son intention, comprenez-vous ?

Mathieu ne répondit pas.

— Laissez-moi vous expliquer…, reprit Magimel sans son habituelle légèreté. La Foudre fantôme est une créature helios. Pensez-vous vraiment qu'elle aurait pu être piégée par le traître ? Ou bien même par les frères Estaffes ? Elle savait quel Élitien avait trahi les autres.

— Elle savait qui était le traître ? bredouilla Mathieu, oubliant un instant que l'ensemble de sa famille était profondément endormi dans le grand salon du manoir.

— Bien sûr qu'elle le savait. Et le soir où elle a été transpercée en plein cœur, dans la forêt des Élitiens, avant que les frères Estaffes ne l'achèvent, elle avait choisi d'aller au-devant du traître. L'heure était venue pour la Foudre fantôme de disparaître.

Louis Serra n'a pas voulu le comprendre. Et il a tout fait pour la sauver. C'était inutile.

Mathieu frissonna. Le vent frais caressait son visage. Il se rappelait cette soirée terrible dans la clairière des Apprentis. Cette soirée où tout avait basculé, où un Élitien masqué avait attaqué des élèves pour atteindre la Foudre fantôme.

— Si vous dites la vérité, répliqua-t-il durement, alors pourquoi la Foudre fantôme a-t-elle essayé de fuir les frères Estaffes, le soir de sa mort ? J'étais là, à côté d'elle. J'ai senti sa peur, j'ai senti sa terreur, j'ai senti son cœur battre contre moi. Pourquoi a-t-elle fui sur le toit si elle voulait mourir ?

Maître Magimel posa une main sur celle de Mathieu.

— La raison est évidente. La Foudre fantôme ne s'est pas enfuie pour sauver sa vie, mais pour sauver la vôtre, Mathieu. Ce n'est pas la Foudre fantôme qui aurait pu vaincre les frères Estaffes. Ce n'est pas la Foudre qui aurait pu sauver l'Élite. C'est vous. Vous les enfants, vous l'avenir de l'école, qui le pourrez. Et que voulez-vous faire de cette chance qu'elle vous a offerte ? Vous souhaitez dormir pendant des années ?

Pour la première fois, Mathieu fut saisi d'un tremblement. Était-il possible que maître Magimel dise la vérité ? que la Foudre fantôme ait choisi de mourir et qu'elle n'ait fui, cette nuit-là, que pour lui sauver la vie ? Il sentit un doute s'immiscer au plus profond de lui.

– Ce n'est pas à cause de ce qui est arrivé que je veux dormir, dit-il brusquement. C'est parce que je veux devenir un adulte et m'éveiller le jour de mes dix-huit ans. Laissez-moi.

– Vous voulez devenir un adulte ? répéta maître Magimel. Je ne suis pas convaincu que vous choisissiez la meilleure voie pour cela, monsieur Hidalf.

Mathieu remonta la couverture jusqu'à son menton et ferma les yeux, pour indiquer que la discussion était close. Mais il sentait, malgré ses paupières closes, l'attention du notaire fixée sur lui.

– Une dernière chose, s'il vous plaît, Mathieu Hidalf. Je ne sais pas comment vous avez convaincu la grand-mère édentée de vous endormir. Mais je sais que vous êtes forcément convenus ensemble d'un moyen qui puisse annuler le maléfice de sommeil avant vos dix-huit ans. Il en existe toujours un. Si la nuit devient trop profonde, Mathieu, si votre famille a trop besoin de vous, je trouverai ce moyen. Et je vous réveillerai.

– Vous n'aurez même pas à chercher ce moyen, maître. Je vais vous le donner dès ce soir. Voici ce dont nous sommes convenus la grand-mère édentée et moi-même : je ne m'éveillerai avant mes dix-huit ans que si mon arbre doré renaît de ses cendres.

Maître Magimel recula dans les ténèbres.

– Vous savez que c'est impossible, n'est-ce pas ? *Rien* ni *personne* ne peut faire renaître votre arbre. Vous vous condamnez tout bonnement, quoi qu'il arrive, à dormir pendant sept années. Il n'existe aucun remède, Mathieu. Aucun.

– Je sais. S'il en existait un, je l'aurais découvert. Je ne veux pas que l'on puisse m'éveiller, voilà tout.

Avant que maître Magimel ne franchisse définitivement la porte, Mathieu se redressa. Il dévisagea la figure livide du notaire ; une figure qu'il ne connaissait pas et qu'il aurait voulu ne jamais voir : celle d'un vieillard sans force.

– Maître, dit-il, je vous demande de veiller sur ma famille.

– Je veillerai sur elle comme je l'ai toujours fait. Adieu, Mathieu Hidalf.

Et la silhouette disparut dans l'escalier comme au fond d'un puits noir.

Mathieu ferma les paupières. Le pas de maître Magimel s'était éteint depuis longtemps. Il se concentra. La grand-mère édentée, cette vieille sorcière qu'il avait fini par apprécier comme sa propre grand-mère, lui avait conseillé de penser à quelque chose d'heureux avant de s'endormir. Quelque chose qui l'accompagnerait pendant toute la durée de son sommeil. Sept ans. Il essaya d'imaginer sa famille, ses sœurs à cheval sur le dos de Bougetou, son père quittant le bras de sa mère pour courir après sa perruque rouge, emportée par le vent.

Mais au moment de sombrer dans le sommeil, toute sa famille s'effaça. Mathieu posa presque malgré lui la main sur son cœur, là où son arbre doré avait flamboyé autrefois. La silhouette argentée de la Foudre fantôme éclata dans son esprit comme un éclair. Il vit la biche basculer dans le vide et s'éteindre.

Une minute plus tard, une terrible bourrasque rabattit violemment les volets mal accrochés contre la fenêtre de la plus haute tour du manoir. Si fort que ce qu'il restait des vitres vola en éclats et se répandit sur le parquet de la chambre.

Mais Mathieu Hidalf ne s'éveilla pas.

Ses yeux clos étaient tournés vers le plafond. Un souffle lent, très lent et régulier, sortait de sa bouche à peine ouverte. Il s'était endormi pour une nuit interminable.

Chapitre 4
Une nuit sans fin

École de l'Élite, bureau d'Armance Dacourt, 00 h 36

Assise à son bureau, la comtesse Armance Dacourt veillait, emmitouflée dans une lourde cape noire. Malgré l'heure tardive, plusieurs dossiers étaient encore ouverts devant elle.

Elle portait une tasse de thé à ses lèvres lorsque la porte aux gonds dorés située en face d'elle s'ouvrit brusquement. Le capitaine des Élitiens, Louis Serra, entra d'un pas précipité. Tout, dans son attitude, signalait une urgence.

– Un incident, dit-il. Au manoir Hidalf.

– De quoi s'agit-il ? interrogea Armance Dacourt, pâle.

– Nous l'ignorons. Anastasia n'a pas rendu son rapport cette nuit. C'est la première fois. Trois nymphettes ont été envoyées sur place ; une seule est rentrée. Elle prétend que les deux autres se sont évanouies en survolant le manoir.

La comtesse Dacourt manqua de renverser son thé brûlant. Non pas à cause de cette nouvelle, mais parce qu'elle lisait dans les yeux du capitaine un effroi qu'elle n'y avait jamais vu.

– Je suis persuadée qu'il n'est rien arrivé à Mathieu. Et s'il y a eu un incident au manoir, je suis prête à parier qu'il en est le responsable, plutôt que la victime.

– J'ai besoin de quelqu'un qui connaisse le manoir Hidalf par cœur, décréta l'Élitien. Je pars tout de suite avec Julius et Robin.

École de l'Élite, bibliothèque des Prétendants, 00h51

Pierre Chapelier, enveloppé dans sa couverture, fut réveillé en sursaut par une sonnerie stridente. Il jeta un regard partagé entre la colère et l'apitoiement à Roméo Pompous. Celui-ci l'ignora parfaitement, le nez plongé dans un ouvrage qu'il avait tiré d'un rayon de la bibliothèque. Il était intitulé *Sommeil de mort : astuces et avertissements*.

– Écoutez ça ! s'exclama soudain Roméo, convaincu que sa découverte intéressait la terre entière. *La victime d'un sommeil de mort peut souvent revenir à la vie par une action ou un événement précis déterminés par le sorcier ou la sorcière ayant lancé le maléfice. L'exemple le plus célèbre étant bien sûr le baiser d'un prince ou d'une princesse.*

— Te voilà sauvé, Roméo, commenta Pierre. Tu peux t'endormir tranquillement.

— Mais non ! Je ne connais aucune princesse !

Il acheva sa phrase par un long bâillement qui faillit le faire mourir d'effroi. Pendant quelques secondes, il retint ses paupières ouvertes entre son pouce et son index, puis, sans même qu'il s'en rende compte, ses yeux se fermèrent malgré lui ; ses bras tombèrent mollement sur sa couverture ; ses épaules s'affaissèrent. Roméo Pompous eut juste le temps de formuler ces mots : « J'avais raison ! Et personne ne m'a cru », avant de s'assoupir pour dix minutes, jusqu'à la prochaine sonnerie de son réveil.

— Roméo m'épuise à ne pas vouloir dormir, commenta Jurençon derrière le rideau fermé de son lit.

Pierre allait répondre quelque chose mais il resta la bouche bée. Par une fenêtre obscure et gelée, il venait d'apercevoir deux nymphettes traversant le ciel à toute vitesse, bien trop vite, en vérité, pour qu'il s'agisse d'un simple vol nocturne. Il les remarqua aisément, tant la nuit était profonde autour de l'école. Quelques instants plus tard, dans la galerie voisine, on entendit soudain des bruits de pas précipités.

– Jurençon, il se passe quelque chose, on dirait, chuchota Pierre.

Octave Jurençon, les cheveux détachés et les sourcils froncés, était déjà descendu de son lit, ainsi que la plupart des Prétendants que Roméo avait maintenus éveillés malgré eux. Tous échangèrent un bref regard, avant d'avancer à pas de loup jusqu'à la double porte, lointaine, de la bibliothèque. Pierre l'entrouvrit.

– Une fausse alerte ? demanda un Prétendant, se dressant sur la pointe des pieds derrière Pierre et Jurençon.

Une ombre colossale et néanmoins agile comme un chat surgit des ténèbres. Robin Tilleul, un Élitien robuste comme un chêne, se précipita jusqu'au carré de lumière qui se dessinait devant le seuil de la bibliothèque. Sa tête énorme, qui aurait pu servir de bélier pour enfoncer une porte, semblait étrangement inquiète.

– Qui est Pierre Chapelier ? lança-t-il.

Le cœur battant, Pierre avança timidement. À côté de Robin Tilleul, il ressemblait à un garçon de sept ans.

– Est-il exact que tu connais le manoir Hidalf ? demanda l'Élitien en attrapant son avant-bras.

– Oui, confirma Pierre, de plus en plus troublé,

alors que tous les élèves répétaient le nom du manoir dans son dos. Il est arrivé quelque chose ?
— Suis-moi. Vite !

Lorsque Roméo Pompous, dix minutes plus tard, fut tiré du sommeil par le réveil d'Armance Dacourt, il découvrit avec stupeur que tous les lits voisins étaient vides.
— C'était donc vrai, bredouilla-t-il. J'ai sans doute dormi un siècle entier ! L'école de l'Élite est déserte... et tout le monde est probablement mort !

Il voulut se lever mais, curieusement, malgré les cent années qu'il avait passées à dormir, il était encore épuisé. Sans autre forme de procès, il s'effondra sur son oreiller.

Un Prétendant qui passait par là en profita pour jeter son réveil par la première fenêtre. Le petit objet doré dégringola le long d'un toit comme une étoile filante avant de s'aplatir trois étages plus bas, dans un feu d'artifice de boulons et de ressorts. Il venait de sonner pour la dernière fois.

*

Manoir Hidalf, 1 h 26 du matin

Un étrange nuage de lumière flottait dans le ciel noir, illuminant la silhouette lointaine du manoir Hidalf. À cette distance, ses tours, coiffées de toits en forme de flèche, ressemblaient à celles d'un château de conte de fées.

Le nuage de lumière se composait de cent nymphettes élitiennes qui luttaient de toutes leurs forces contre une tempête de neige époustouflante. À la hauteur à laquelle les fées volaient, des bourrasques de vent terribles menaçaient à chaque instant de les disperser ou, pire encore, de les fracasser les unes contre les autres. Mais elles tenaient bon, balayées par les rafales, scrutant les fenêtres du manoir, prêtes à se jeter dans leur direction.

À des dizaines de mètres en dessous d'elles, des Élitiens, semblables à de petits points noirs, avaient atteint la grille hérissée de piques du manoir Hidalf. Il ne leur fallut qu'une seconde pour en forcer l'ouverture.

Dans le vacarme du vent, trois Élitiens se dressaient les uns à côté des autres : le capitaine Louis Serra en personne, sur lequel la neige fondait comme au contact d'une braise, Robin Tilleul, qui s'efforçait de résister à ce vent qui aurait déraciné un arbre, et l'impassible Julius Maxima. Louis Serra leva soudain un bras vers le nuage de nymphettes.

Aussitôt, comme si elles n'attendaient que ce signal, les fées se déployèrent au-dessus du parc, illuminant les tours enneigées d'une lueur vive.

– Il se passe quelque chose, chuchota Julius Maxima. Elles perdent de l'altitude.

À peine avait-il achevé sa phrase que la nuée de nymphettes s'éteignit, semblant disparaître en plein vol. Les fées venaient tout simplement de perdre connaissance. Les plus chanceuses tombèrent sur le sol enneigé où elles s'enfoncèrent, les autres s'abattirent contre les murs du manoir.

En retrait, Pierre Chapelier claquait des dents, malgré le capuchon de sa luide qu'il avait rabattu sur son visage. Le vent soufflait si fort qu'il avait du mal à rester immobile. Il observait la plus haute tour du manoir. Avant que les nymphettes chutent en plein vol, il lui avait semblé que la fenêtre de la chambre de Mathieu était brisée.

Pierre reporta son attention sur les trois Élitiens les plus célèbres de l'école, Serra, Tilleul et Maxima. À treize ans, jamais Pierre Chapelier n'avait adressé la parole au capitaine de l'Élite. Peut-être même n'aurait-il pas osé le faire pour sauver sa propre vie. Mais pour celle de la famille Hidalf, il était prêt à tout. Sans même avoir conscience de ce qu'il faisait, il avança dans la neige et rejoignit les trois Élitiens.

– Capitaine Louis Serra, dit-il d'une voix que le vent emporta au loin, je crois que je sais quel sortilège frappe le manoir. C'est un sortilège de…

– ... sommeil, oui, acheva Louis Serra. Cent nymphettes réunies ont un arbre aussi puissant que celui d'un Élitien. Elles ont tenu à peine quelques secondes.

– Si loin de l'école, nous n'avons aucune chance de pénétrer dans le manoir, commenta Robin Tilleul en frottant ses mains de géant l'une contre l'autre.

– C'est ce que Mathieu voulait, intervint Pierre.

À ces mots, comme un seul homme, les trois Élitiens se tournèrent vivement vers lui. Leurs arbres aux dizaines de branches étaient si lumineux que Pierre fut ébloui.

– Vous croyez que Mathieu Hidalf lui-même est à l'origine du sortilège ? demanda Louis Serra, dont le visage pâle semblait insensible au froid.

– J'en suis certain. Il a demandé des renseignements à Roméo Pompous au sujet des effets d'un sortilège de sommeil sur les Élitiens. Mathieu ne voulait pas que vous puissiez pénétrer à l'intérieur du manoir.

Pierre n'aurait jamais cru apercevoir un jour un tel effroi sur le visage du capitaine des Élitiens.

– Nous n'avons plus le choix, dit celui-ci. Julius, Robin, envisageons le pire : si jamais Mathieu Hidalf est victime d'un sommeil de mort, nous n'avons que quelques heures pour agir. À l'aube, il sera sans doute déjà trop tard, et nous aurons perdu tout espoir de le réveiller. Je vais pénétrer dans le manoir.

Ni Julius Maxima ni Robin Tilleul n'approuvèrent, mais ils ne parurent pas étonnés. Pierre oublia ses pieds gelés lorsque Louis Serra se tourna vers lui.

– Quel est le chemin le plus court pour se rendre dans la chambre de Mathieu ?

Pierre se concentra. Voilà quelques années, à vrai dire, qu'il n'avait pas été accueilli au manoir. Depuis sa rentrée à l'école de l'Élite. Il revit le vestibule. Les trois salons. Celui dans lequel il avait si souvent dormi, en l'absence de M. Hidalf, avec Mathieu et les trois Juliette. Tout remonta à la mémoire, comme on se souvient de la maison où l'on a grandi, que l'on pensait avoir oubliée et dont on se rappelle pourtant jusqu'aux moindres détails. Il décrivit chaque couloir, chaque porte, chaque marche.

– Louis, intervint fermement Julius Maxima, personne ne peut résister à un sortilège de sommeil si loin de l'école. Tu n'atteindras pas la moitié de l'allée qui mène au manoir.

– Je parie qu'il n'en atteindra pas le quart, renchérit Robin Tilleul avec un rire forcé.

On sentait qu'il y avait là une plaisanterie, l'évocation d'une aventure passée. Mais elle ne parut pas toucher Louis Serra. Sans un mot, il franchit l'enceinte du manoir.

Le capitaine resta d'abord parfaitement immobile ; ses épaules s'abaissèrent comme sous le poids du sortilège de sommeil, le vent rabattit son capuchon, et, pendant une seconde, Pierre pensa qu'il dormait debout et qu'il allait s'écrouler. Mais, contre toute attente, Louis Serra avança d'un pas. Alors que Pierre imaginait qu'il allait s'élancer en courant le long de l'interminable allée qui menait au manoir, au contraire, l'Élitien fit un deuxième pas, puis un troisième, avec une lenteur exaspérante pour ceux qui l'observaient. On aurait dit un homme traversant un lac gelé.

Robin Tilleul et Julius Maxima se tenaient côte à côte, devant les grilles ouvertes. L'arbre cousu sur le cœur des deux Élitiens s'assombrissait à chaque enjambée du capitaine. Pierre les entendit murmurer :

— Il puise déjà dans nos arbres.
— Il n'y arrivera jamais.

Louis Serra discernait peu à peu la façade du manoir. Le sortilège de sommeil pesait si lourdement sur lui qu'il était parfois tenté de se retourner, pour s'assurer que personne n'appuyait sur ses épaules.

Heureusement, le vent giflait son visage et maintenait ses sens en alerte. Sur son cœur, son arbre doré commençait à givrer ; le puissant arbre luttait contre le sortilège de sommeil, et perdait du terrain. La neige cessa de fondre sur l'Élitien, dont les paupières devinrent terriblement lourdes. Pendant une seconde, Louis Serra, qui ne dormait plus d'un sommeil profond depuis des mois, fut même tenté de céder et de dormir enfin. Il fit un pas de plus.

— Il atteint le perron, commenta Robin Tilleul, en pointant le doigt vers le manoir.

Au loin, la silhouette de Louis Serra s'arrêta sur la première marche menant à la porte du manoir. Plusieurs secondes suffocantes s'écoulèrent.

— Il est arrivé au bout de nos ressources…, chuchota Julius Maxima. J'ai peur qu'il ne puisse plus aller loin.

Pierre, à côté des deux Élitiens, se rendit compte que leur arbre doré avait gelé, et qu'il noircissait même à vue d'œil. C'était un phénomène courant, que la plupart des élèves n'apprenaient que vers l'âge de quinze ans. Un membre de l'école pouvait récolter des forces dans l'arbre d'un autre. Cette pratique était interdite sans la présence d'un Élitien, car il était arrivé que des élèves puisent trop loin dans l'arbre d'un camarade ; dans ce cas, tout pouvait arriver, surtout le pire. Discrètement, Pierre se rapprocha des deux Élitiens et ferma les yeux, comme il avait appris à le faire en s'exerçant tout seul.

— Louis marche à nouveau ! s'exclama Robin Tilleul. C'est un miracle !

Julius Maxima, devinant ce qui arrivait, se retourna brusquement vers Pierre Chapelier et se saisit de son bras avec colère.

— Cessez immédiatement, ordonna-t-il dans un cri que le vent transforma en murmure. Vous risquez votre vie ! L'arbre de Louis Serra est mille fois plus puissant que le vôtre. Il peut l'éteindre à tout moment, sans même y prendre garde !

— C'est mon meilleur ami qui est endormi dans ce manoir. Et toute sa famille, répondit Pierre.

— Laisse-le faire, Julius, dit alors Robin Tilleul en s'approchant. Le petit a raison. Il est notre seule chance.

Julius Maxima ne protesta plus et prit la main de Pierre dans la sienne.

— Si vous allez trop loin, expliqua-t-il, vous perdrez la vie. Lorsque je vous ordonnerai de vous laisser faire, obéissez. C'est entendu ?

Pierre fit un simple hochement de tête, concentré sur son arbre de plus en plus noir.

— Louis est entré à l'intérieur du manoir, commenta Robin Tilleul. Courage, ajouta-t-il sans que l'on sache s'il s'adressait à Pierre ou bien au capitaine des Élitiens.

*

Louis Serra savait qu'il était trop tard. Il n'atteindrait pas la chambre de Mathieu Hidalf, et quand bien même il l'atteindrait, il serait incapable de l'éveiller. Depuis plusieurs secondes déjà, une nuit profonde était tombée sur lui. Il avait cru qu'elle était due à l'obscurité du manoir, avant de se rendre compte que ses paupières étaient closes. Il chercha au plus profond de lui-même les ressources pour rouvrir les yeux. Il n'y parvint pas. Continuant d'avancer d'après les indications de Pierre, il traversa ce qui devait être le vestibule, descendit une marche, avança de quelques pas dans un couloir dont il pouvait seulement imaginer la largeur et le mobilier. S'il ne s'était pas trompé, au bout de ce couloir, il buterait contre un escalier. En haut, tout en haut de celui-ci, Mathieu Hidalf dormait.

Pierre serrait la main de Julius Maxima à mesure que son arbre noircissait sur son cœur. Il ne pensait plus qu'à Mathieu et aux trois Juliette, de toutes ses forces. Puis, soudain, il sentit son arbre le brûler. Il crut un instant qu'il était allé trop loin, mais au contraire, à chaque seconde son arbre se réchauffait et semblait plus puissant. Il ouvrit les yeux.

— Louis Serra a rompu le contact avec votre arbre, expliqua Julius Maxima. Il savait qu'il risquait de l'éteindre.

L'Élitien se redressa et observa le manoir plongé dans les ténèbres.

— Il est désormais seul face au sortilège de la grand-mère édentée. Robin, il faut trouver Stadir Origan. Faire venir le Dr Soupont. Et rompre ce maudit sortilège le plus tôt possible. Louis a échoué. Il va s'endormir d'une minute à l'autre.

Robin Tilleul posa une main de géant sur l'épaule de Pierre et chuchota :

— Bravo, mon garçon… Tu as été remarquable.

Mais Pierre ne voyait rien de remarquable, au contraire ; à quelques pas de lui, toute la famille Hidalf dormait d'un sommeil maléfique. La seule chance qu'il avait d'éveiller son ami était peut-être passée. Et le légendaire capitaine des Élitiens risquait de s'écrouler à son tour, d'une seconde à l'autre, si ce n'était déjà fait.

Louis Serra était toujours debout. Les yeux fermés, les muscles relâchés par le sommeil, l'arbre presque éteint, il avait atteint l'escalier de Mathieu.

La raison aurait voulu qu'il cherche plutôt un lit pour s'y coucher lui-même. Il montait pourtant la première marche, lorsqu'il entendit des bruits de pas. Quelqu'un approchait. Levant la tête, il vit alors un Élitien se dresser devant lui, au milieu de l'escalier. Un Élitien au visage masqué par un capuchon, à l'arbre noirci, qui semblait flotter légèrement au-dessus des marches et qui l'observait de son visage vide. Le traître ! Le traître qu'il recherchait depuis des mois. Celui qui avait pactisé avec les frères Estaffes et attaqué la Foudre fantôme.

Louis Serra l'ignora. Il savait précisément ce qui lui arrivait. Le sortilège de sommeil venait de vaincre son arbre doré. À présent, il rêvait éveillé et cet Élitien noir n'était pas réel. Il avait jailli tout droit des profondeurs de son imagination.

Soudain, le traître disparut et laissa place à la Foudre fantôme, qui dévalait l'escalier à la vitesse de l'éclair. Louis Serra savait qu'il était inutile de s'écarter. Et en effet, au moment où elle aurait dû le heurter, la biche se décomposa en un éclair de lumière. Louis Serra fit encore un pas. Le dernier. L'apparition du traître resurgit, braquant sa face invisible dans sa direction. À la main, il tenait un petit miroir qu'il semblait tendre à Louis Serra. Une voix faible disait au capitaine qu'il rêvait. Mais cette voix devint bientôt sourde, puis inaudible.

Pour un témoin éveillé, Louis Serra aurait paru fou. Seul au milieu d'un escalier du manoir Hidalf, il tira brusquement son épée et en transperça un adversaire invisible : il avait oublié qu'il rêvait. Il frappa le traître jailli de son imagination mais ce fut lui qui tomba. Son épée lui tomba des mains et dégringola les marches qu'il avait gravies, dans un tintement sonore qu'il n'entendit même pas.

Le capitaine des Élitiens chuta lourdement. Il n'était qu'à quelques pas de la chambre où Mathieu Hidalf dormait paisiblement, indifférent à l'agitation qui régnait autour de lui.

*

Manoir Hidalf, 6 h 36 du matin

Un rayon de lumière fendit le ciel blanc et traversa une vitre gelée du manoir Hidalf, éclairant une soupière, posée sur la table du salon. L'une des quatre gueules de Bougetou grogna dans son sommeil, comme si une présence l'avait dérangée. L'aube se levait.

Mme Hidalf remua. Elle sentait confusément qu'un froid glacial l'entourait. Elle entendit comme des bruits de pas, à peine un frottement sur le plancher. Une voix retentit, comme dans un rêve. « Madame Hidalf, réveillez-vous, s'il vous plaît. »

Elle résista. Elle avait sommeil. « Il faut vous réveiller », entendit-elle.

Elle releva lentement la tête, comme après un sommeil fiévreux. Elle vit d'abord la table du salon constellée des lueurs de l'aube, puis les corps de ses trois filles, endormies dans le froid. Pendant une seconde, elle crut qu'elle rêvait encore. Mais une main, bien réelle, ferme, serrait son avant-bras. Louis Serra en personne était penché sur elle ; il avait l'air épuisé. Elle aperçut alors plusieurs Élitiens, réunis dans le salon, immobiles. Ils observaient les corps endormis de sa famille.

– Mathieu ! hurla Mme Hidalf. Mathieu !

À ce cri, Bougetou se redressa en poussant quatre aboiements sonores, qui réveillèrent en sursaut les trois Juliette et leur père. Mme Hidalf avait renversé sa chaise. Ses filles la dévisageaient sans comprendre, paniquées.

– Où est mon fils ?

Les Élitiens ne prononçaient pas un mot. Mme Hidalf poussa un nouveau hurlement :

– Où est mon fils ?

Les trois Juliette avaient le regard vague, posé tantôt sur Louis Serra, tantôt sur leur mère.

– Il dort dans sa chambre, répondit le capitaine des Élitiens après un temps de silence. Le Dr Soupont et le mage Stadir Origan sont à ses côtés. Vous avez été victime d'un sortilège de sommeil de la grand-mère édentée. Nous ne parvenons pas à réveiller Mathieu.

En apparence, Louis Serra avait la dureté et la force d'un roc. Pourtant, il y avait un épuisement soudain dans sa voix, comme fragilisée par une cassure invisible. Il s'était réveillé un moment plus tôt, lorsque le soleil s'était levé sur le manoir.

— Nous sommes en train de tout tenter pour rompre l'enchantement, expliqua Louis Serra. Mais chaque heure qui passe rend la manœuvre plus périlleuse.

— N'étiez-vous pas censé le protéger ? rugit Mme Hidalf. Ne m'aviez-vous pas dit qu'il ne lui arriverait rien ? Que vous veilleriez sur lui jour et nuit ?

L'Élitien Julius Maxima précisa doucement :

— Nous ne pouvions pas le protéger contre lui-même.

Mme Hidalf passa devant eux en courant et atteignit l'escalier de la tour des Enfants, lugubre à cette heure matinale. Elle s'élança, malgré sa longue robe. Devant la porte ouverte de Mathieu, cette porte si souvent close, une nuée de nymphettes dessina une arche de lumière. Mme Hidalf ralentit en pénétrant dans la chambre à coucher.

La silhouette maigre du Dr Soupont, médecin des Élitiens, était penchée au-dessus du lit de Mathieu. Mme Hidalf parut rassurée dès qu'elle aperçut son fils. Un sourire éclaira fugitivement son visage blême. Son garçon dormait. Il dormait paisiblement, la tête tournée vers le plafond de sa chambre. On pouvait voir sa couverture se soulever au rythme de sa respiration.

Mme Hidalf approcha sur la pointe des pieds. Elle s'assit à son chevet et saisit sa main blanche, posée par-dessus la couverture.

– Mathieu, chuchota-t-elle, réveille-toi. Réveille-toi, Mathieu.

Le visage de Mathieu Hidalf demeura impassible, figé comme celui d'une statue. Un homme fit alors quelques pas en direction du lit. Il avait le visage rassurant des vieillards qui ont déjà tout vécu et que rien ne semble pouvoir surprendre ou attrister. D'une élégance rare, il était entièrement vêtu de bleu. Sa longue barbe était bleue également et scintillait dans l'aube. Stadir Origan était à la fois le mage le plus discret et le plus célèbre du royaume.

– Je n'en suis pas fier aujourd'hui, mais je dois vous avouer une chose, Emma, dit-il. La grand-mère édentée est ma propre grand-mère. Je connais parfaitement ses sortilèges. Votre fils est endormi. Il dormira longtemps. Très longtemps. Vous ne pourrez rien faire pour le réveiller. Il est déjà trop tard, contrairement à ce que Louis Serra espère. Mais vous pourrez lui parler. Lui tenir la main. Être présente pour lui. Vous laisserez vos filles venir le voir aussi souvent qu'elles le voudront. Un jour, le jour de ses dix-huit ans puisqu'il l'a voulu, Mathieu s'éveillera. Ce jour-là, il saura que vous avez été présente.

Emma Hidalf tourna ses yeux sombres vers le vieil homme et sembla regarder au travers de lui ; elle continuait de serrer la main de son fils comme si elle n'avait rien entendu.

– Il dort souvent tard, répondit-elle.

Chapitre 5
L'impossible condition de Mathieu Hidalf

École de l'Élite, peu après l'aube

En franchissant la Grille épineuse de l'école de l'Élite, Pierre Chapelier n'avait à vrai dire qu'une seule envie : dormir aussi longtemps que Mathieu Hidalf.

Il était accompagné du géant Robin Tilleul, qui le guidait à travers les couloirs. Sur son épaule, il sentait la main puissante de l'Élitien, qui le soutenait et lui donnait la force de continuer à avancer.

À cette heure matinale, Pierre avait imaginé que l'école serait endormie. Il fut stupéfait de découvrir, le long des galeries, que les élèves avaient veillé toute la nuit, attendant son retour et des nouvelles du manoir Hidalf. Il y avait parmi eux des Prétendants, bien entendu, qui avaient connu Mathieu. Mais Pierre vit également des

Apprentis, par dizaines, et plusieurs professeurs, dont le mage Poucet Bergamote, un sorcier à la perruque violette qui lui adressait un regard pressant, espérant juste un mot de sa part.

Pierre l'évita ; il comprenait à présent pourquoi Louis Serra avait ordonné à Robin Tilleul de l'accompagner. Sans l'Élitien, tous les élèves se seraient précipités sur lui pour l'interroger. Mais personne n'osa faire un pas, pas même Poucet Bergamote. Quelques Apprentis, cependant, ne manquèrent pas de pointer le doigt vers le cœur de Pierre. L'arbre qui y était cousu était d'une pâleur effrayante, comme recouvert de poussière.

Alors que Pierre pensait pénétrer dans la bibliothèque pour s'y allonger et dormir toute la journée, Robin Tilleul bifurqua en direction de la tour Directrice. Le Prétendant se laissa entraîner sans protester, jusqu'au bureau de la comtesse Dacourt.

– Je te laisse ici, mon garçon, indiqua Robin Tilleul une fois qu'ils furent parvenus devant la porte. Je vais retourner au manoir.

Pierre voulut prononcer un mot mais aucun son ne quitta sa bouche. Robin Tilleul frappa à la porte puis s'éloigna dans l'escalier, sans même attendre que la comtesse apparaisse. Pendant une seconde, Pierre se demanda ce qu'il faisait là, à une heure si matinale, devant la porte de la directrice adjointe. L'attendait-elle ? La réveillerait-il ? Il fut tenté de tourner les talons, lorsque la porte s'ouvrit devant lui, comme si Armance Dacourt avait patienté toute la nuit, prête à lui ouvrir. La finesse de ses traits était légèrement troublée par la fatigue.

– Quelles sont les nouvelles ? demanda-t-elle avec empressement.

Pierre leva les yeux. La comtesse n'était pas seule. Derrière elle, le baron Hudson, directeur général de l'école, somnolait dans un fauteuil. Il ressemblait à un ours dérangé en pleine hibernation. À quelques pas du baron, le Grand Busier en personne, le roi, observait Pierre Chapelier attentivement. Jamais Pierre n'avait eu l'occasion de rencontrer le roi avant ce jour. Son regard était clair, profondément attentif. À côté du souverain était assis son neveu, Octave Jurençon, lequel était parfaitement éveillé ; ses yeux bleus et vifs fouillaient ceux de Pierre.

– Laissez ce pauvre garçon s'asseoir, Armance, intervint le baron Hudson en retenant un énorme bâillement.

– Les nouvelles sont mauvaises, je crois, répondit Pierre. Mathieu est endormi.

– Endormi ? répéta le roi.

– Il a demandé à la grand-mère édentée de lui lancer un sortilège de sommeil, expliqua Pierre. D'après maître Barjaut Magimel, le notaire des Hidalf, il dormira jusqu'au jour de ses dix-huit ans.

Il aurait réussi à imposer ses propres conditions : il ne se réveillera entre-temps que si son arbre doré renaît.

Rarement au cours de sa vie, Pierre Chapelier avait eu l'occasion de parler devant autant de monde. Il avait prononcé chaque mot d'une voix monocorde, comme s'il récitait une poésie qu'il avait apprise par cœur sans la comprendre. Dans son fauteuil, Jurençon se redressa. Ses mains tremblaient légèrement, de colère ou d'émotion.

– Comment a-t-elle pu accepter de l'endormir pendant presque sept ans ? s'écria-t-il.

Pierre comprit qu'il parlait de la grand-mère édentée. Jurençon fit un mouvement brusque pour quitter la pièce, mais le roi le retint par le poignet, sans prononcer un mot. Le souverain semblait particulièrement nerveux. Quant au baron Hudson, il demeurait interdit, ne pouvant croire aux mots prononcés par Pierre. La comtesse Dacourt avait pour sa part reculé dans la pénombre de son bureau.

– Cette nouvelle est extrêmement grave, dit-elle enfin. Pour Mathieu Hidalf, bien entendu. Mais également pour toute l'école de l'Élite.

Sur le moment, Pierre ne comprit pas véritablement ce que la comtesse entendait par ces derniers mots. Il devina leur sens lorsque le baron chuchota :

– C'est une catastrophe. Il faut *à tout prix* que le

sommeil de Mathieu Hidalf reste secret. Ou bien dans quelques jours, dans quelques semaines au plus tard, l'école de l'Élite aura fermé ses portes.

– *Fermé ses portes ?* balbutia Jurençon en se levant à nouveau de son siège. Pourquoi ?

Aucun des adultes présents ne répondit. Le roi se tourna vers Armance Dacourt comme si elle avait été la seule directrice de l'établissement. Le baron Hudson lui-même était suspendu à ses lèvres, attendant sa décision.

– Nous ne réussirons pas à garder le sommeil de Mathieu Hidalf secret, dit-elle. Et nous n'en avons pas le droit. Monsieur Jurençon, veuillez ne pas ébruiter ce que vous avez entendu. Pierre Chapelier, je vais faire déplacer votre lit dans mon bureau. Vous imaginez bien que vous ne pourriez pas fermer l'œil dans la bibliothèque. Sire, monsieur le baron, il est temps que nous dormions également. L'avenir de Mathieu Hidalf n'est plus de notre ressort. Celui de cette école, si. Et nous devons le préserver.

Pierre et Jurençon échangèrent un dernier regard avant d'être séparés. Le roi posa la main sur celle de son neveu et le fixa longuement :

– Sois prudent, ordonna-t-il d'une voix autoritaire.

Octave Jurençon se contenta d'acquiescer d'un signe de la tête et sortit derrière son oncle.

La comtesse se tourna alors dans la direction de Pierre et annonça :

— Je fais déplacer votre lit, monsieur Chapelier. Restez ici.

La porte se referma derrière Armance Dacourt. Pierre resta seul, planté devant l'auguste bureau de la directrice. Il ne comprenait plus. De quelle catastrophe pouvaient bien parler le roi, le baron et la comtesse ? Quelle autre catastrophe pouvait-il y avoir que celle-ci : Mathieu Hidalf était endormi, peut-être pour toujours. Il ne grandirait plus jusqu'à son réveil. Et même s'il se réveillait un jour, des années plus tard, que resterait-il de l'école de l'Élite ? Pierre lui-même serait-il encore vivant ? La famille de Mathieu survivrait-elle à ce drame ?

Soudain, au beau milieu du bureau, un lit robuste jaillit de nulle part. Pierre avait beau savoir depuis longtemps que les lits magiques pouvaient être déplacés dans toute l'école sur simple demande, il en fut étonné une fois de plus et sursauta. « Je vais attendre la comtesse, se dit-il. Et lui réclamer des explications. »

Mais lorsqu'elle ouvrit la porte de son bureau, un moment plus tard, Armance Dacourt trouva Pierre Chapelier profondément endormi. Il était allongé dans la largeur de son lit, comme s'il était tombé de fatigue.

La comtesse fit signe aux nymphettes qui

avaient veillé toute la nuit qu'elles pouvaient enfin prendre du repos. L'épuisement avait engourdi leurs ailes dorées et une obscurité troublée par les premières lueurs du jour recouvrit le bureau de la directrice.

Au-dehors, la neige fondait sur les toits, glissait dans les gouttières.

*

Pierre Chapelier s'éveilla avec une intuition désagréable ; celle d'être épié par quelqu'un dans son sommeil. Ses paupières s'ouvrirent lentement ; à vrai dire, il aurait voulu dormir davantage. La comtesse Armance Dacourt l'observait de ses grands yeux noirs et attentifs. Sa longue chevelure brune était soigneusement coiffée ; elle n'avait pas dû dormir beaucoup plus longtemps que lui, pourtant elle paraissait calme et reposée.

– Pardonnez-moi pour ce réveil matinal, Pierre, dit-elle. J'ai plusieurs rendez-vous importants. Je suis contrainte de vous demander de quitter cette pièce.

Pierre comprit, sans savoir précisément de quoi il retournait, que ces rendez-vous dissimulaient quelque chose de grave. Il se redressa sur son lit.

– Et Mathieu ? demanda-t-il.

– Il est désormais trop tard, dit simplement la comtesse. Mathieu est entré dans une phase de sommeil profond. Son cœur bat à peine. Dix pulsations par minute tout au plus. Si nous le réveillons par la magie ou par la force, il y a un risque que son cœur s'emballe brusquement… et s'arrête. La vérité est dure à accepter, Pierre. Mais Mathieu Hidalf nous a échappé pour les sept années à venir.

Il sembla à Pierre, un bref instant, qu'il faisait un mauvais rêve.

— Beaucoup de choses vont changer, à présent, annonça la directrice. Beaucoup de choses ont déjà changé en une nuit.

Pierre ne posa aucune question. Il savait que la comtesse ne lui dirait pas un mot de plus que ce qu'elle avait déjà décidé de lui révéler.

— Savez-vous quelle a été la conséquence de la mort de la Foudre fantôme dans le royaume ? demanda-t-elle.

— Je ne sais pas, reconnut Pierre, sans comprendre où elle voulait en venir.

— Je vais vous le dire : aucune. Hormis, sans doute, des ventes de l'album de l'école multipliées par dix, avec une page entière consacrée à la Foudre. Pour le royaume, la Foudre fantôme n'est, au mieux, qu'une légende. Au pire, elle n'est qu'une biche. Tout le monde se moque de la mort d'une biche, n'est-ce pas ? Le soir où elle a péri, des Élitiens, des nymphettes et des soldats sont morts. Leur disparition est dans l'ordre des choses. Mais le sommeil de Mathieu Hidalf a allumé un incendie. Mathieu est l'enfant le plus célèbre du royaume. La presse a déjà inondé les foyers de journaux sur ce sommeil, en racontant tout et n'importe quoi. Pour les parents de chaque élève, le sommeil de Mathieu, qu'il dure sept ans ou un siècle, est l'équivalent d'une mort assurée. Depuis l'aube, une partie de la noblesse exige la fermeture de l'école de l'Élite et la démission de Louis Serra.

Pierre écoutait avec effroi.

– L'école ne peut pas fermer, n'est-ce pas ? Vous allez…

– Depuis le début de la matinée, interrompit la comtesse Dacourt, dix-huit parents ont déjà réclamé leur enfant, Pierre. L'école n'a pas le droit de retenir les Prétendants contre le gré de leur famille, vous le savez. Et les parents ne font plus confiance aux Élitiens depuis qu'ils savent que l'un d'eux est le serviteur des frères Estaffes.

Pierre se mit à trembler, incrédule. Et si sa propre mère demandait à ce qu'il retourne chez lui, qu'arriverait-il ? Et si elle l'avait déjà fait ? Et si elle attendait derrière la porte pour le ramener de force chez eux ?

– C'est injuste, protesta-t-il.

– C'est pire que cela. Les parents pensent protéger leur enfant des frères Estaffes en les forçant à quitter l'école. Mais ces enfants ont beau retirer leur luide et la cacher sous leur lit, l'arbre doré qui y est cousu continue d'exister. On ne quitte pas le cercle des Élitiens en fuyant l'école. Vous me comprenez, Pierre ? En dehors de l'école, les enfants restent des Prétendants élitiens. Mais ils sont sans protection. Et chacun d'eux est à la merci des frères Estaffes.

Pierre se tut, livide. Le soir où la Foudre fantôme avait péri, il avait aperçu pour la première fois les Estaffes, ces cinq frères qui semaient le trouble dans le royaume depuis des décennies. À présent qu'il les avait vus, il savait de quoi ils étaient capables. Tous les cinq étaient beaux et inexpressifs comme des statues de marbre. Leurs origines helios leur conféraient des pouvoirs stupéfiants. Ils pouvaient rivaliser avec l'arbre doré cousu sur le cœur des Élitiens. Ils possédaient des sens plus développés que ceux de n'importe quel être humain. Et ils ne connaissaient ni la pitié ni le remords. C'est avec la même indifférence qu'ils pouvaient assassiner des Élitiens ou des élèves de l'école.

– Pensez-vous que Mathieu avait imaginé cela ? demanda Pierre. Pensez-vous qu'il ait pu vouloir la fermeture de l'école… parce qu'il en était banni ?

– Non, je ne le crois pas. Mathieu Hidalf est un génie, Pierre. Mais il est surtout un enfant. Vous pouvez rejoindre la bibliothèque, à présent. Soyez prudent.

Pierre songea que cette matinée était peut-être la plus incroyable de sa vie. Il venait d'apprendre que son meilleur ami ne s'éveillerait pas avant sept années. Et que l'école de l'Élite était menacée non plus par les frères Estaffes, mais par les enfants qui la quittaient malgré eux, parce que leurs parents craignaient pour leur vie.

Lorsqu'il franchit les portes du bureau, il tomba nez à nez avec un visage familier. Il fut saisi d'effroi en reconnaissant le père de Roméo. Méphistos Pompous était un homme imposant ; bien qu'il soit beaucoup moins grand que l'Élitien Robin Tilleul, il prenait sans doute beaucoup plus de place que lui. C'était le genre d'homme qui écartait les bras pour dissuader quiconque d'effleurer son costume. Ce matin-là, il avait l'air à la fois furieux et inquiet. Son regard se posa sur Pierre avec indifférence. Derrière lui, plusieurs adultes s'entassaient les uns à la suite des autres comme des livres dans une bibliothèque. Pierre comprit que cette file d'attente était constituée de parents venus réclamer leurs enfants. Roméo savait-il déjà que son père était prêt à venir le chercher ? Pierre s'empressa de quitter la tour Directrice.

Une fois rentré dans la bibliothèque, il découvrit plusieurs lits vides au pied desquels plusieurs valises étaient faites. Il crut tout d'abord que ses camarades avaient été renvoyés chez eux. Puis il entendit au loin une voix forte qui résonnait dans les profondeurs de la salle. Tout au fond, près de la cheminée monumentale, une assemblée de Prétendants s'était constituée. Quand il la rejoignit, il fut étonné de reconnaître, au milieu d'elle, Octave Jurençon. Pour la première fois peut-être, le neveu du roi n'avait pas l'air naïf ni trop grand pour sa luide. Avec ses longs cheveux blonds et ses yeux bleus étincelants, il était même impressionnant.

– Nos parents pensent que nous sommes en danger tant que nous restons dans l'école, déclara Jurençon avec fermeté. Ils vont réclamer un à un que nous la quittions. Si nous la quittons, savez-vous ce qui arrivera ? L'Arbre doré, planté dans le vestibule, faiblira et les frères Estaffes finiront par le détruire. Vous souvenez-vous de ce que nous a dit Louis Serra, à l'époque où nous sommes devenus des Prétendants élitiens ? Il nous a prévenus que si la direction elle-même voulait nous éloigner de l'école, nous devrions désobéir. Eh bien, continua-t-il comme s'il était surpris par sa propre audace, je désobéirai ! Je ne quitterai pas l'école de l'Élite.

Les Prétendants regardèrent soudain Jurençon comme s'il avait été leur grand frère à tous. Aucune moquerie ne fusa. Un garçon au nez écrasé, deux fois plus trapu que le neveu du roi, brandit l'exemplaire d'un journal puis l'écrabouilla dans sa poigne de fer.

— Octave Jurençon a raison ! s'écria-t-il. Si mes parents m'ordonnent de quitter l'école, je désobéirai !

Les yeux rivés avec admiration sur le Prétendant au nez écrasé, Roméo Pompous, qui semblait minuscule dans son coin, fit un pas en avant.

Un par un, des Prétendants promirent qu'ils désobéiraient, de plus en plus fort, de plus en plus gravement, sous l'œil étonné d'une pluie de nymphettes. Pierre se rapprochait de Roméo au moment où celui-ci brandit le poing et lança :

— Moi aussi, je désobéirai !

Pierre avait l'impression que les portes allaient s'ouvrir d'une seconde à l'autre sur Méphistos Pompous. Lui que l'on disait souvent loyal et courageux se découvrit peureux, pour la première fois de sa vie, au moment d'annoncer à Roméo que ses parents étaient là, là pour venir le chercher.

— Est-ce que ce que l'on dit est vrai ? lui demanda Roméo. Est-ce que tu as vu Mathieu ? Est-ce qu'il est plongé dans un sommeil maléfique ?

— Il dort, oui. Et rien ne pourra plus le sortir de son sommeil. Roméo, il faut que…

— Il y a tout de même une bonne nouvelle dans tout ça, le coupa Roméo en ricanant.

— Laquelle ? interrogea Jurençon, le front luisant de sueur.

— Quand Mathieu se réveillera, dans sept ans,

il aura toujours la taille d'un enfant de onze ans, n'est-ce pas ? Alors que moi, je serai sans doute aussi musclé que Louis Serra. Je vais écrire mes Mémoires à mon tour. Ils s'appelleront : *La Revanche de Roméo Pompous*. Et la première chose que je ferai pour fêter le réveil de Mathieu, ce sera de lui casser la figure.

Roméo paraissait très fier de sa plaisanterie. Lorsque Pierre entendit la porte de la bibliothèque s'ouvrir, il sut qu'il était trop tard.

— Roméo, quoi qu'il arrive, garde toujours ta luide à l'abri, tu as compris ?

— De quoi parles-tu ?

— Je dis que tu dois garder ta luide à l'abri !

On entendit des Prétendants chuchoter. Ils s'écartèrent comme devant un adulte. Alors l'ombre de Méphistos Pompous tomba sur les trois amis.

— Père, bredouilla Roméo. Que faites-vous ici ?

Parfaitement insensible au trouble de son fils, Méphistos Pompous répliqua :

— Je suis venu te chercher, voyons. Tu quittes immédiatement cette école. La direction est avertie. Ne prépare pas tes affaires. J'enverrai un valet les chercher.

Roméo resta d'abord figé. Puis il parut réaliser que tout cela n'avait rien d'un mauvais rêve. Plusieurs Prétendants s'étaient réunis autour de lui.

Ses yeux se brouillèrent. Les deux mots qu'il avait prononcés un instant plus tôt avec fermeté restèrent bloqués dans sa gorge.

– Vous n'avez pas le droit, intervint Jurençon.

Si Méphistos Pompous n'avait pas reconnu le neveu du roi, il l'aurait probablement giflé pour son impertinence.

– En tant que futur héritier du trône, siffla-t-il avec mépris, vous devriez être le premier à quitter cette école de malheur.

– Je ne la quitterai jamais, rétorqua Jurençon, le souffle court.

Mais Méphistos Pompous s'était déjà retourné. Roméo semblait vide de toute émotion. Il avança derrière son père, sans oser tourner la tête dans la direction de Pierre et Jurençon. Tandis que les autres Prétendants chuchotaient déjà dans son dos, il se répétait ces deux mots qui ne pouvaient franchir le bord de ses lèvres : « Je désobéirai. »

Chapitre 6
La tour des Deux-Cœurs

Une étrange atmosphère régnait dans la galerie des Chandelles, où le dîner des élèves était servi tous les soirs. Généralement comble à cette heure-ci, la salle paraissait à moitié vide ; parfois, un garçon passait devant les portes ouvertes, traînant une valise derrière lui.

Seul au bout d'une longue table, le Prétendant Clémentin Roitelet ignorait encore qu'il allait passer l'une des pires soirées de son existence. Clémentin avait douze ans ; il était entré à l'école quelques mois plus tôt, et c'était la toute première fois qu'il y dînait seul. Ses deux amis les plus proches avaient été forcés par leurs parents à rentrer chez eux, l'un dans la matinée, l'autre une heure plus tôt.

Clémentin dîna rapidement puis se hâta de regagner la bibliothèque. C'est ici que tout bascula.

À peine sorti de la galerie des Chandelles, il fut distrait par un pauvre Prétendant qui portait une valise plus lourde que lui. Il l'aida à monter quelques marches d'un escalier, retourna sur ses pas, et se trouva bientôt seul au croisement de deux allées désertes. Il emprunta celle de droite, au lieu de celle de gauche, qui l'aurait reconduit à son dortoir en moins d'une minute.

Lorsqu'il eut traversé six galeries qu'il n'avait jamais empruntées, Clémentin commença à songer à la légende de cet élève, qui s'était perdu le jour de sa rentrée et qui avait retrouvé son chemin dix ans plus tard.

Pendant l'heure qui suivit, pour tromper son angoisse, il observa les peintures aux murs, les statues, les cristaux des lustres d'un air connaisseur. Parfois, il s'adressait même un petit encouragement, comme : « Quelle belle galerie ! Dire que si je ne m'étais pas perdu, je ne l'aurais peut-être jamais découverte. » Mais lorsque la nuit tomba, couvrant l'école d'un voile noir, le malheureux garçon cessa de faire semblant de s'intéresser aux œuvres d'art. Il commença même à regretter que ses parents n'aient pas exigé son retour à la maison.

Dans l'obscurité grandissante, chaque galerie semblait soudain la jumelle de la précédente et de celle qui la suivait. Pire encore, il faisait si froid qu'aucune nymphette ne prenait la peine de traverser cette partie éloignée de l'école. Par les hautes fenêtres, pourtant, Clémentin apercevait des tours lumineuses, notamment celle du professeur Poucet Bergamote. Mais il avait beau faire des signes des deux mains, personne ne pointait le nez dans sa direction.

Il pénétra dans une nouvelle galerie. Un vent glacial soufflait aux visages d'Élitiens de pierre qui semblaient prêts à tirer leur épée.

Ce fut alors qu'un bruit de pas retentit. En un instant, toute l'inquiétude de Clémentin laissa place à un vif soulagement. Le cœur battant, il aperçut une silhouette parfaitement noire qui avançait dans sa direction : il était sauvé.

– Je me suis égaré en voulant rejoindre mon dortoir, lança-t-il. Comment puis-je rejoindre la bibliothèque des Prétendants, s'il vous plaît ?

La silhouette noire ne répondit pas instantanément. À vrai dire, elle avait accéléré le pas. Clémentin fut soudain saisi d'un doute affreux. Pourquoi cet homme empruntait-il une galerie si lointaine ? Était-il perdu lui aussi ? Ou bien voulait-il éviter des rencontres importunes ? Clémentin se raidit. L'Élitien se dessina nettement à la lueur du soleil couchant. Il portait un capuchon. C'était absolument interdit depuis qu'un traître avait pénétré dans l'enceinte de l'école. Avec horreur, Clémentin Roitelet comprit que le serviteur des frères Estaffes, celui qui avait poussé Mathieu Hidalf à prononcer le Serment noir, celui qui avait provoqué la mort de la Foudre fantôme, n'était plus qu'à quelques pas de lui. Il s'élança sans réfléchir vers une porte lointaine. Aussitôt, l'Élitien se lança à sa poursuite.

— À l'aide ! hurla Clémentin. Le traître !
— Tais-toi ! ordonna la silhouette.

Clémentin atteignait la porte, lorsque la main gantée de son poursuivant se referma sur ses lèvres. Le garçon savait qu'il était inutile de résister.

— Ne me tuez pas, supplia-t-il. Je ne dirai rien. Je me suis perdu… Je ne sais même pas où je suis.
— Je n'ai pas l'intention de te tuer, imbécile !

Clémentin Roitelet écarquilla les yeux. Une seconde silhouette approchait au milieu de l'allée, qu'il n'avait pas remarquée jusqu'à présent. Il s'agissait d'une jeune fille. Il aurait même juré qu'il l'avait déjà aperçue quelque part. Clémentin poussa un soupir de soulagement. Un amoureux ! Cet Élitien noir n'était qu'un jeune homme qui avait amené sa bien-aimée dans l'école et voulait échapper à la direction. Et dire qu'il l'avait confondu avec le traître !

— Vous êtes Tristan Boidoré, n'est-ce pas ? demanda-t-il, rassuré. J'ai reconnu votre voix. Et vous, dit-il en se tournant vers la jeune fille, vous êtes Juliette d'Or Hidalf ! Votre frère parlait souvent de vous… Je me présente : Clémentin Roitelet, Prétendant de deuxième branche.

Clémentin se tut. Le visage de la jeune fille, aux courbes pourtant si douces, avait quelque chose de menaçant.

— Il nous a reconnus, Tristan, dit-elle. Nous n'avons plus le choix : il faut le faire disparaître, comme les autres.

Clémentin se souvint vaguement d'avoir entendu Mathieu Hidalf raconter que sous les airs charmants de sa grande sœur se cachait un véritable monstre.

— Je ne dirai rien à Armance Dacourt ! jura-t-il. Pitié, je ne lui dirai rien même si elle me renvoie de l'école... Ne me tuez pas !

Tristan Boidoré avait beau n'être qu'un pré-Élitien, il était presque aussi grand et impressionnant que Louis Serra. Il se redressa dans la pénombre et prononça son nom distinctement, pour bien montrer qu'il ne risquait pas de l'oublier :

— J'ai confiance en toi, Clé-men-tin Roi-te-let. En sortant de cette galerie, prends le premier escalier à ta droite. Il te mènera tout droit au vestibule de l'école.

Trop heureux de s'en sortir à si bon compte, Clémentin salua les deux jeunes gens et s'enfuit par l'escalier que lui avait indiqué Tristan. Non seulement il s'était tiré d'un mauvais pas, mais en plus il avait retrouvé son chemin et ne passerait pas la nuit à claquer des dents dans un couloir lugubre.

– Il s'en est fallu de peu, cette fois-ci, chuchota Tristan en prenant la main de Juliette d'Or. S'il y avait eu une seule nymphette aux alentours, avec la peur qui règne en ce moment à cause du traître, nous aurions été encerclés en quelques secondes par dix Élitiens...

Juliette d'Or ne semblait guère préoccupée par cette éventualité. À vrai dire, en toute circonstance, elle avait toujours été moins inquiète que Tristan. Ce soir-là, elle avait insisté pour le voir, dès son retour du manoir Hidalf. Elle voulait lui parler, lui raconter les derniers mots de Mathieu, puis la folie de sa mère, qui refusait de croire que son fils dormait d'un sommeil maléfique. Elle se contenta de demander, en fronçant les sourcils :

– Tu ne penses pas que ce Prétendant risque d'être trop bavard ?

– S'il a pris l'escalier que je lui ai indiqué, il lui faudra marcher jusqu'à demain matin pour retrouver son chemin. Tu seras sortie depuis longtemps de l'école.

– Pauvre garçon, commenta Juliette.

– Ce n'est pas toi qui voulais le faire disparaître, il y a un instant ? Suis-moi, la tour des Deux-Cœurs n'est plus très loin.

Depuis la création de l'école de l'Élite, les jeunes filles avaient toujours été interdites dans son enceinte. Mais au fil des siècles, les Apprentis avaient imaginé des itinéraires secrets, de multiples cachettes, des centaines de ruses pour pouvoir faire pénétrer leurs conquêtes dans l'école sans être repérés par la direction. Quelques années plus tôt, les Élitiens eux-mêmes fermaient volontiers les yeux chaque fois que le règlement était bafoué. Mais une personne avait tout changé lors de son arrivée à la direction : la comtesse Armance Dacourt.

Elle avait annoncé, dès le jour de son entrée en fonctions : « Désormais, aucune jeune fille ne pénétrera plus illégalement dans l'école. » Vingt Apprentis avaient gloussé ce soir-là dans la manche de leur luide. Dix-neuf avaient été renvoyés trois jours plus tard, pris en flagrant délit. Le vingtième ne dut son salut qu'à un coup du sort : sa bien-aimée le quitta pour un autre élève, qui fut exclu à son tour.

Il n'avait fallu que quelques heures à la comtesse Dacourt pour démanteler les réseaux des Apprentis qui s'étaient montrés si efficaces pendant quatre siècles. Les mauvaises langues prétendaient que, pour connaître si bien leurs secrets, la comtesse avait dû passer de longs moments à errer dans l'école pendant sa jeunesse. Seuls les plus hardis osaient encore braver son autorité.

Tristan et Juliette, à eux seuls, pouvaient se vanter d'avoir trompé la comtesse plus de dix fois.

Ils traversèrent encore quelques galeries avant d'atteindre la tour des Deux-Cœurs. C'était là que se réunissaient autrefois tous les jeunes couples, parce que le chemin qui y menait était un véritable labyrinthe où la direction refusait souvent de s'aventurer.

La tour des Deux-Cœurs abritait deux cloches jumelles. Elles sonnaient jadis pour célébrer le mariage d'un Élitien. C'était sous l'une de ces cloches, abritée par un dôme de bronze, que Juliette avait volé pour la première fois un baiser à Tristan Boidoré, des années plus tôt. Elle observait les deux masses sombres avec un sourire, lorsque Tristan l'attrapa fermement par le bras, comme pour la protéger d'un danger. Le jeune homme rabattit son capuchon et éteignit l'arbre doré cousu sur son cœur.

– Nous ne sommes pas seuls ! Pas un mot.

Juliette tendit l'oreille. De faibles murmures provenaient en effet du sommet de la tour. Au dernier étage, la jeune fille distingua alors une silhouette noire, qui marchait en rond. Elle n'en crut pas ses yeux.

– C'est Louis Se…

Juliette s'interrompit. Une seconde silhouette se dessina à la faveur des derniers rayons du soleil : celle d'une femme, emmitouflée dans une longue cape noire.

— Je ne peux pas le croire ! chuchota-t-elle. Armance Dacourt... et Louis Serra ! Armance Dacourt et Louis Serra, seuls, dans la tour des Deux-Cœurs !

Livide, Tristan Boidoré descendit deux marches pour bien montrer qu'il ne comptait pas s'éterniser ici. Au contraire, Juliette d'Or en monta quatre avec l'agilité d'une biche.

— Tu es folle ? lança Tristan.

Mais Juliette s'élançait déjà vers le sommet de la tour. À huit ans, la jeune fille était capable de descendre l'escalier grinçant du manoir Hidalf sans réveiller une seule des nymphettes qui le surveillaient. Tristan hésita. Si Louis Serra n'avait posté aucun garde ni aucune nymphette en bas de la tour, c'est qu'il tenait absolument à ce que ce rendez-vous ne soit connu de personne. Qui plus est, la comtesse Dacourt, en plus d'être la directrice la plus redoutable de l'histoire de l'école, n'était autre que la propre tante de Tristan. Et s'il doutait qu'elle lui pardonne un jour d'être l'amoureux secret de Juliette d'Or, il savait qu'elle ne lui pardonnerait jamais d'avoir surpris un éventuel rendez-vous galant avec Louis Serra.

— Juliette, il est hors de question d'espionner le capitaine des Élitiens, chuchota-t-il. C'est une infraction punie par un bannissement. Je redescends.

— Comme tu veux, répondit-elle d'un air effronté. Rentre dans ton dortoir et n'oublie pas de mettre tes chaussons, pour ne pas attraper froid. Je te raconterai ce que j'ai entendu une prochaine fois.

— Je n'ai pas besoin de chaussons, grommela Tristan.

Mais Juliette avait déjà disparu. À contrecœur, il prit alors la direction du sommet de la tour, bien décidé à lui faire changer d'avis. À chaque marche gravie, il entendait plus nettement les paroles de Louis Serra et celles de sa tante, et même s'il faisait tout pour ne rien comprendre, il en comprenait déjà davantage qu'il n'aurait voulu. Parvenu à côté des deux cloches, chacune plus grande que lui, il chercha Juliette du regard. Était-il possible qu'elle soit montée jusqu'au dernier étage ? Il bouillait de colère contre elle, lorsqu'une main l'attira sous l'une des cloches d'un mouvement rapide. Juliette avait perdu son air narquois.

— Ils parlent de mon frère… La comtesse a dit qu'ils ne pourraient jamais le réveiller.

*

Armance Dacourt avait presque oublié l'existence de la tour des Deux-Cœurs quand Louis Serra, à son retour du manoir Hidalf, lui avait adressé un court message, l'invitant à l'y retrouver à la nuit tombée.

La comtesse s'y présenta à l'heure convenue. Sa mémoire la trompait rarement et pas une fois elle ne s'égara dans le labyrinthe de couloirs. Elle avait certes quelques remords à l'idée d'emprunter un itinéraire autrefois réservé aux amoureux clandestins. Peut-être même avait-elle rougi en montant l'escalier unique conduisant au sommet. Mais à l'instant où elle aperçut Louis Serra, son teint avait retrouvé sa couleur coutumière.

Le capitaine lui tournait le dos, adossé à une balustrade qui dominait le royaume. À ses épaules anormalement voûtées, à sa nuque courbée, à ses mains inertes, la comtesse constata qu'il n'était plus que l'ombre de lui-même. Elle approcha lentement et contempla l'horizon neigeux sans prononcer un mot. Les toits blancs scintillaient au moindre passage d'une nymphette.

– L'école va traverser une tempête sans pareille, Louis, dit-elle d'une voix douce. Trente parents ont déjà réclamé le retrait de leurs enfants. Demain, ils seront encore plus nombreux. Je sais que c'est presque impossible, mais il faut à tout prix que tu organises leur protection. Les frères Estaffes vont les traquer les uns après les autres.

– Je n'ai pas pu le réveiller, Armance.

La comtesse se tut. Elle mesurait brusquement qu'elle avait eu tort de répéter à Mathieu Hidalf qu'il n'était rien aux yeux du capitaine.

Elle approcha du balcon suspendu dans l'hiver blanc. Ses pas imprimèrent trois empreintes dans la neige et son épaule effleura celle de l'Élitien. Le froid, ou bien la simple caresse de deux étoffes l'une contre l'autre, fit frémir la jeune femme.

– Il existe une dernière chance d'interrompre son sommeil, dit Louis Serra.

– Le Dr Soupont prétend qu'il n'en existe aucune.

– Ce n'est jamais que la troisième fois que Mathieu le fait passer pour un imbécile. Espérons que son sommeil sera la quatrième.

La comtesse ne répondit pas mais, au plus profond d'elle-même, elle craignait que Soupont ait eu raison cette fois-là.

– La grand-mère édentée l'a endormi, expliqua Louis Serra. C'est une chose que je ne comprends pas. Un mystère entoure cette femme. Et le fait qu'elle ait accepté d'endormir Mathieu est un mystère de plus. Elle est très attachée à lui, j'en suis convaincue. Comment a-t-elle pu accepter de le frapper d'un sortilège de sommeil ? Je lui rendrai visite demain matin.

L'inquiétude assombrit le visage d'Armance Dacourt.

– La grand-mère édentée ne laisse personne approcher de sa chaumière, Louis. Les frères Estaffes eux-mêmes n'osent pas la défier. Son domaine a été classé par les Cœurs noirs en tête des lieux les plus dangereux du royaume. Un seul pas dans son enceinte suffira à vaincre ton arbre et à te plonger dans un sommeil mortel.

Louis Serra se redressa, son arbre resplendit sur son cœur et son épaule s'éloigna de celle d'Armance Dacourt.

— J'ai prié le roi de m'accompagner, révéla-t-il.
— Le roi ?
— Oui, le roi. Bien sûr, il connaît à peine la grand-mère édentée, mais après tout, grâce à Mathieu Hidalf, il est son époux. On ne frappe pas son époux d'un sortilège de sommeil de mort, n'est-ce pas ?

La comtesse observa Louis Serra comme s'il avait perdu la raison.

— Si je comprends bien, tu veux te servir du roi comme d'un bouclier, en misant sur le fait qu'elle ne vous endormira pas, uniquement parce qu'il est son mari ?

— Non, bien sûr. Il se trouve que la Constitution du royaume stipule que le roi peut à tout moment *réclamer une audience à la reine*. La grand-mère édentée est la reine. La magie de la Constitution devrait donc annuler celle de son sortilège de sommeil.

— Et si tu te trompes, conclut Armance Dacourt, le royaume n'aura plus de roi et l'Élite plus de capitaine, c'est bien cela ?

— Précisément, dit Louis Serra avec légèreté.

Il se retourna alors vers la jeune femme et tous les deux restèrent un moment face à face, sans prononcer un mot et sans remarquer la respiration légère qui provenait d'une cloche voisine.

Tristan Boidoré et Juliette d'Or attendirent plus d'une minute après le départ du capitaine et de la comtesse avant de quitter leur refuge. La jeune fille avait les larmes aux yeux. Elle monta jusqu'au dernier étage de la tour, et posa le pied dans les empreintes laissées par la comtesse. Tristan s'enfonça dans celles du capitaine et rejoignit Juliette contre la balustrade. Sans un mot, il la serra doucement contre elle.

— Louis Serra le réveillera, bredouilla-t-il.

*

Clémentin Roitelet errait de couloir en couloir et d'escalier en escalier, avec la désagréable impression d'être déjà passé dix fois par chacun d'eux. Il avait pourtant suivi soigneusement le conseil de Tristan Boidoré. Il poussait une porte de plus lorsque, par bonheur, il reconnut la silhouette des deux amoureux. Il hâta le pas dans leur direction et s'exclama avec soulagement :

— Monsieur Boidoré, mademoiselle Hidalf, je me suis à nouveau perdu !

À mesure que les deux ombres approchaient,

Clémentin Roitelet songeait que Mathieu Hidalf avait raison : sa grande sœur était sans doute encore plus belle que la comtesse Armance Dacourt, même si, à vrai dire, leur ressemblance était frappante.

– Je n'ai pas dû prendre le bon escalier, expliqua-t-il avec un petit rire nerveux. Ne vous inquiétez pas, je vous promets que je ne dirai rien à la direction. On peut me faire confiance pour ces choses-là.

Clémentin avait à peine achevé sa promesse lorsqu'il comprit qu'il aurait les plus grandes peines du monde à la tenir. Avec un effroi sans nom, il reconnut la comtesse Armance Dacourt. À côté d'elle, Louis Serra en personne marchait du pas d'un promeneur. Le capitaine passa devant lui et murmura d'un air navré, en posant une main sur son épaule :

– Bon courage, mon garçon.

Se tournant vers la comtesse, Clémentin bredouilla pour la troisième fois de la soirée :

– Je ne dirai rien à personne, je vous le promets, madame la comtesse.

– Au contraire, monsieur Roitelet, vous allez tout me dire, répliqua-t-elle avec une douceur terrifiante. Suivez-moi.

Clémentin inclina la tête. Il avait échappé à un faux traître, résisté à Tristan Boidoré et à Juliette d'Or, et il finirait dans l'antre de la comtesse Armance Dacourt.

Au moins, tout compte fait, il ne passerait pas la nuit égaré dans l'école.

Chapitre 7
Le secret de la grand-mère édentée

Le lendemain matin, à l'aube, Louis Serra avançait pas à pas dans la neige épaisse. L'Élitien avait soigneusement blanchi sa luide, pour passer aussi inaperçu que possible. C'était une précaution louable mais inutile, car derrière lui, vêtu d'un lourd manteau pourpre, le Grand Busier était à peu près aussi discret qu'une perruque rouge sur l'une des quatre têtes de Bougetou.

Le roi avait d'abord refusé de suivre Louis Serra. Et s'il avait accepté, ce n'était qu'à cause de l'affection qu'il avait pour le capitaine des Élitiens. Il savait que sa présence le protégerait du maléfice de sommeil. Et il ne pouvait se résoudre à le laisser affronter seul la grand-mère édentée.

— Si l'on m'avait dit qu'un jour je traverserais une forêt enneigée, à pied, pour tenter de réveiller Mathieu Hidalf, je ne l'aurais jamais cru, grommela-t-il.

La tête inclinée, Louis Serra surveillait les empreintes fraîchement laissées dans la neige par un animal. Il y accordait une importance toute particulière. La chaumière de la grand-mère édentée n'était plus loin. Et le capitaine savait qu'aucun animal ne s'y aventurait. Derrière lui, le roi rouspéta à nouveau :

– Je m'apprêtais à connaître six anniversaires consécutifs sans catastrophe provoquée par Mathieu, et voilà que je risque ma vie pour rencontrer la sorcière avec laquelle il m'a marié contre mon gré. Louis, puis-je vous demander une faveur ? Si nous réveillons Mathieu, ne lui dites *jamais* que j'y suis pour quelque chose.

Louis Serra continuait d'avancer, ignorant les grognements royaux quand il aperçut un renard. Le petit animal s'était arrêté à l'orée d'une clairière. Alors qu'il semblait hésiter à poursuivre son chemin, il déguerpit à toute vitesse.

– Il fuit un prédateur ? s'étonna le roi.
– Il fuit un maléfice. Nous sommes arrivés.

À l'endroit où le renard avait fait demi-tour, des dizaines d'empreintes, tracées par toutes sortes d'animaux, bifurquaient brusquement dans la direction opposée à la clairière.

Abritée sous d'immenses arbres, dont les

branchages drus masquaient le ciel, une petite chaumière fumait au milieu des bois. On aurait voulu s'y réfugier pour y boire un bol de chocolat chaud, les jambes étendues devant une cheminée.

— Et maintenant ? demanda le roi avec anxiété.

En guise de réponse, Louis Serra leva la tête et la braqua en direction de la chaumière. Le roi suivit son regard et se figea. Une silhouette venait de pénétrer dans la clairière, malgré le sortilège de sommeil. Or, il ne s'agissait pas de la grand-mère édentée mais d'un membre de l'école de l'Élite, qui portait son capuchon. De si loin, Louis Serra ne pouvait distinguer son arbre doré. Mais il aurait juré qu'il s'agissait d'un jeune élève, peut-être même d'un simple Prétendant. Quelque chose d'imperceptible se produisit : le silence parut d'un coup moins brutal. Puis une tache rousse traversa la clairière : Louis Serra reconnut le renard qui avait fui un instant plus tôt. Reportant son attention sur le Prétendant mystérieux qui approchait de la chaumière, il murmura :

— C'est incroyable. Le sortilège de sommeil vient d'être levé. Restez ici, sire.

*

Louis Serra suivait à distance le mystérieux Prétendant. De qui pouvait-il s'agir ? Il aurait immédiatement songé à Mathieu Hidalf, s'il n'était pas endormi à l'autre bout du royaume. Peut-être s'agissait-il d'un ami de Mathieu, qui aurait eu la même idée que lui ? Mais comment cet élève aurait-il réussi à rompre le sortilège de sommeil, alors que les frères Estaffes eux-mêmes n'y étaient jamais parvenus ? Le mystérieux Prétendant pénétra dans la chaumière sans même frapper. Ce qui surprit le capitaine par-dessus tout fut qu'il claqua la porte, comme quelqu'un de furieux qui rentre chez lui et tient à faire savoir sa colère.

L'Élitien fut bientôt en vue de l'une des fenêtres de la bâtisse. Il rabattit prudemment son capuchon. Un seul coup d'œil à l'intérieur confirma ses soupçons. Le rez-de-chaussée semblait composé d'une seule et vaste pièce, pourvue d'un vieil évier de pierre, d'une longue table et d'une cheminée rougeoyante. Un escalier desservait sans doute les chambres à coucher, à l'étage. L'Élitien s'était attendu à découvrir les signes d'une solitude effroyable. À la vitesse de l'éclair, il constata la présence de deux chaises se faisant face et de deux couverts dressés à la longue table. Alors, il comprit que ce n'était pas sa solitude que la grand-mère édentée protégeait d'un sortilège de sommeil. Elle cachait quelqu'un dans la profondeur de cette forêt.

Profitant d'une averse de neige, il approcha encore de la fenêtre et entendit le vacarme d'une dispute. La silhouette noire du mystérieux Prétendant, portant toujours son capuchon, lui tournait le dos et faisait face à la grand-mère édentée.

— Jamais tu n'aurais dû l'endormir sans mon accord ! gronda le Prétendant.

— C'était le seul moyen de récupérer cet ouvrage que tu lui as offert pour ses onze ans, répliqua la sorcière. Si tu avais été raisonnable, je n'aurais pas été contrainte d'accepter son marché. Cet ouvrage pouvait tout révéler. Si les frères Estaffes l'avaient seulement aperçu, tu étais perdu.

— Réveille-le immédiatement ! hurla à nouveau le Prétendant. Ou bien j'irai moi-même le réveiller chez les Hidalf.

Louis Serra se figea. Le Grand Busier l'avait rejoint. La voix de la grand-mère édentée, de l'autre côté de la fenêtre, s'affaiblit.

— Je suis désolée..., avoua-t-elle. Le pacte proposé par Mathieu est formel : seule la renaissance de son arbre doré peut le ramener à la vie avant sept ans. Je ne peux pas rompre le sortilège... Personne ne le peut.

Louis Serra ne voyait que le dos noir du Prétendant, mais il devina son effroi. Soudain, dans l'escalier, une troisième silhouette se dessina. Combien de personnes vivaient dans cette chaumière ? Louis Serra allait découvrir son visage, lorsque le Grand Busier l'attrapa fermement par le bras, le repoussant en arrière.

— Le sortilège, Louis ! balbutia le roi.

Louis Serra vit avec stupeur le renard qui s'était aventuré dans la clairière fuir comme s'il était pourchassé par un ennemi invisible. Une dizaine d'oiseaux prirent leur envol au même instant.

— Courez, sire ! ordonna l'Élitien, la mâchoire serrée. Courez aussi loin que possible !

Le Grand Busier s'élança dans la neige épaisse, tandis que Louis Serra guettait les signes annonciateurs du sortilège de sommeil. Derrière eux, une porte s'ouvrit. Le capitaine entendit un cri de la grand-mère édentée. Il ne se retourna pas et continua d'avancer, poussant le roi vers l'avant, s'attendant à s'écrouler d'un instant à l'autre. Mais un moment plus tard, tous deux franchirent les premiers arbres et se laissèrent tomber sur le sol blanc.

À quelques pas, le petit renard, la langue pendante, semblait partager leur soulagement. Louis Serra se tourna vers la chaumière. Il était persuadé que la sorcière aurait pu les frapper, même à présent. Pour une raison qu'il ne comprenait pas, elle leur avait donné la possibilité de fuir.

— Sire, personne ne doit savoir ce que nous avons découvert, dit-il. Personne, vous m'entendez ?

Le roi était étrangement ferme quand il approuva :

— C'est certain, Louis. Personne ne doit savoir.

*

À l'école de l'Élite, ce soir-là, Louis Serra dîna dans la galerie des Chandelles. C'était suffisamment rare pour que chaque élève encore présent l'observe avec stupéfaction. Pour une fois, l'Élitien lui aussi observait chacun d'eux avec intérêt, se demandant lequel avait rendu visite à la grand-mère édentée. Quel lien la sorcière pouvait-elle avoir avec ce mystérieux Prétendant ?

Lorsque la comtesse Dacourt s'assit à côté de lui, elle n'eut besoin d'aucune parole pour demander des nouvelles de Mathieu Hidalf. Louis Serra annonça simplement, entre deux regards jetés à la salle :

— La grand-mère édentée elle-même n'a plus aucun contrôle sur le sommeil de Mathieu. J'ai ordonné le retour du Dr Soupont dans l'école.

Ni l'Élitien ni la directrice n'ajoutèrent un mot jusqu'au terme de leur dîner.

Ce soir-là, le Prétendant Clémentin Roitelet quitta prudemment sa place en même temps que Pierre Chapelier et Octave Jurençon, qu'il suivit discrètement jusqu'à la bibliothèque des Prétendants, bien décidé à ne plus jamais s'égarer dans l'école de l'Élite.

Chapitre 8
Six lettres et un silence

Ce fut quelques jours après l'endormissement de Mathieu Hidalf que les premiers signes de sa part arrivèrent, inévitablement, aussi inévitablement qu'une averse de neige en plein hiver. La première à s'en rendre compte fut la comtesse Armance Dacourt.

Un matin, alors qu'elle s'apprêtait à recevoir de nouveaux parents venus réclamer leurs enfants, la directrice trouva sur son bureau une enveloppe épaisse, qui avait été déposée là un moment plus tôt. Elle aurait reconnu l'écriture grossière et maladroite entre mille. C'était celle de Mathieu Hidalf. Il avait dû poster le pli avant de s'endormir.

Seule avec l'enveloppe, la comtesse l'ouvrit délicatement. À son plus grand étonnement, plusieurs articles découpés dans des journaux glissèrent sur son bureau. Une petite lettre tomba au sommet de la pile. Mathieu Hidalf avait griffonné :

Chère Madame la comtesse Dacourt,

Lorsque vous lirez ces mots, je dormirai profondément et je n'aurai donc plus rien à craindre de vous.

Avant toute chose, je voulais vous dire que j'ai toujours éprouvé une affection particulière à votre égard. Probablement ce genre d'affection que les génies éprouvent l'un pour l'autre sans pouvoir se l'avouer.

À ce sujet, permettez-moi de vous remettre aujourd'hui mon programme « anti-Armance Dacourt ». S'il vous plaît, n'y voyez aucune attaque personnelle. Il s'agit simplement d'un dossier réunissant des articles de presse et des témoignages douteux sur votre personne, que j'élabore depuis des années, afin de pouvoir vous forcer à la démission si, un jour, nous avions dû en arriver jusque-là.

J'ai bien conscience que, d'un certain point de vue, mon attitude est odieuse, immorale et révoltante.

Mais je vous assure que je n'ai montré ces documents à presque personne. Faites bon usage de ce dossier.

Votre fidèle Mathieu Hidalf.

La comtesse reposa la courte lettre sans savoir quoi penser puis considéra les coupures de presse qui s'étalaient sur son bureau. La plupart des articles dataient d'il y a dix ou quinze ans et provenaient d'infâmes journaux, qui colportaient les rumeurs les plus calomnieuses.

La comtesse se saisit de l'un des articles au hasard. Il était devenu à moitié illisible avec le temps :

Les trois infernaux, comme les surnomme maintenant la direction, ont été découverts une fois de plus en mauvaise posture, hier soir, dans la tour des Deux-Cœurs de l'école de l'Élite.
Le jeune et brillant Apprenti Louis Serra s'est vu retirer une branche de son arbre doré, tandis que ses éternels compagnons, Robin Tilleul et Julius Maxima, sont seulement accusés de complicité. Leur crime ? Avoir fait pénétrer à l'intérieur de l'école une jeune personne qui n'aurait jamais dû s'y trouver : Mlle Armance Boidoré, jeune fille de bonne famille, appartenant à la petite noblesse soléline du royaume.
Les parents de la jeune fille réclament une sanction exemplaire contre les trois Apprentis, et…

Le visage d'Armance Dacourt était impassible lorsqu'elle consulta distraitement un second article :

Les quatre infernaux, comme les surnomme à présent la direction de l'école, ont frappé une fois de plus. Les inséparables Louis Serra et Armance Boidoré auraient été aperçus par plusieurs nymphettes, se tenant par la main dans une galerie de l'école, tandis que leurs deux complices, Robin Tilleul et Julius Maxima, détournaient l'attention de la direction en pratiquant ce qui semble être devenu leur jeu favori : une bataille de lits.

« En l'absence de flagrant délit, et M. Louis Serra soutenant qu'il n'a jamais fait entrer Armance Boidoré dans l'école, nous ne sommes, hélas ! pas en mesure d'exclure ces jeunes gens », a annoncé la direction.

Mais selon plusieurs témoins, le jeune Louis Serra aurait reçu de sévères réprimandes de la part du capitaine des Élitiens en personne. Quant à l'audacieuse Armance Boidoré, il se murmure déjà que ses parents projettent de la marier.

Songeuse, Armance Dacourt reposa l'article.

— Mathieu, murmura-t-elle dans le bureau vide, malgré toute l'affection que j'ai à votre égard, je vous conseille de ne pas vous réveiller par erreur dans les années qui viennent…

*

Un peu plus tard cette même journée, seul dans la salle ronde qui lui servait de logis, au sommet de l'ancien pigeonnier à buses de l'école, le mage Poucet Bergamote venait de recevoir un colis.

Poucet Bergamote était probablement le professeur le plus décrié de l'école de l'Élite, et sans aucun doute le plus corruptible d'entre eux. C'est sans doute pourquoi il avait rapidement noué une relation d'amitié avec Mathieu Hidalf.

Il ouvrit le colis avec précaution ; il redoutait toujours, chaque fois qu'il recevait du courrier, un sortilège que les frères Estaffes lui auraient envoyé par la poste. Mais le colis ne contenait qu'un curieux réveil doré, à deux cadrans. Le premier cadran était tout à fait ordinaire. Sur le second, cependant, le numéro des heures avait été remplacé par des inscriptions minuscules et dépourvues du moindre sens, comme : *À Marie-Marie du Château Boisé* ; *À la Foudre fantôme* ; *Aux redoutables frères Estaffes*, ou encore : *À son prochain mauvais coup*.

Gravée autour du cadran, dans le métal doré, on pouvait lire cette question : *À quoi rêve Mathieu Hidalf ?* L'unique aiguille tourna alors comme par magie et s'immobilisa brusquement sur l'inscription : *À la Foudre fantôme*. Perplexe, Poucet Bergamote décacheta la petite lettre glissée dans le colis. Son cœur fit un bond lorsqu'il reconnut l'écriture de Mathieu Hidalf.

Cher Poucet Bergamote,
À l'heure où vous lisez cette lettre, je dors certainement d'un profond sommeil, mais le sommeil, c'est bien connu, n'empêche rien aux affaires. J'ai donc un marché à vous proposer.

Avant de m'endormir, j'ai monté en secret une entreprise à actions simplifiées : je vous propose d'être mon associé et de gérer cette entreprise en mon absence. Si vous acceptez, notre fortune est assurée.

J'ai déjà produit plusieurs milliers de réveils comme celui que je vous envoie avec cette lettre. Ils seront mis en vente quelques jours après mon endormissement. J'ai baptisé ce réveil le : À quoi rêve Mathieu Hidalf ?

Il comporte deux cadrans.

Le premier indique l'heure.

Le second indique quel rêve je suis (prétendument) en train de faire.

Vous n'aurez qu'à déclarer que ce réveil est magique, et tous les imbéciles du royaume se l'arracheront. S'enrichir sur le malheur des autres est un acte odieux, cher professeur. Mais s'enrichir sur son propre malheur me paraît une idée de génie.

Votre dévoué Mathieu Hidalf.

Poucet Bergamote posa la lettre devant lui avec recueillement, et main sur le cœur, il déclara :

– Mathieu Hidalf, même banni et endormi, vous resterez toujours mon Prétendant favori…

Au même instant, l'aiguille mystérieuse du réveil glissa sur l'inscription : Mathieu Hidalf rêve : *à son prochain mauvais coup.*

*

Quelques jours plus tard, ce fut au tour de Juliette d'Or de découvrir un colis recommandé, qui l'attendait à l'école de danse du royaume, où elle n'était plus revenue depuis l'endormissement de son frère. Ses mains tremblèrent d'excitation quand elle reconnut l'écriture ; sans aucun doute, c'était celle de Mathieu. Elle attendit toute la journée une occasion d'être seule. Le soir venu, enfermée dans le dortoir des jeunes filles, elle ouvrit le petit paquet avec appréhension. Il contenait une clef, une clef minuscule et rouge. Seuls quelques mots accompagnaient le mystérieux présent :

Chère Juliette d'Or,
Cette clef appartient au roi. Il fera sans doute fouiller le manoir pendant mon sommeil. Je te la confie, car elle pourra t'être d'un grand secours pour rencontrer ton amoureux secret, T. B., en cachette. En effet, cette clef est capable d'ouvrir toutes les portes du royaume et devrait te permettre de fuir l'école de danse en toute discrétion, dès que tu le souhaiteras.
Ton petit frère.

P.-S. : Peux-tu attendre mon réveil, lorsque tu décideras d'avoir un bébé avec T. B. ? (Ne crois pas que le bébé m'intéresse, bien au contraire ; mais je veux être présent le jour où tu annonceras la grande nouvelle à papa.)

P. P.-S. : *Afin de brouiller les pistes en cas de perte de cette lettre, tu constateras que j'ai habilement utilisé les initiales de Tristan Boidoré.*

Juliette d'Or relut la lettre dix fois avant d'en faire une boule de papier qu'elle jeta dans une cheminée ardente. Puis, d'une main curieuse, elle approcha de la porte du dortoir des jeunes filles, soigneusement verrouillée toutes les nuits. Elle enfonça la minuscule clef rouge dans la grosse serrure dorée et la tourna. Son cœur fit un bond : la porte close s'ouvrit en grinçant.

*

Le même jour, au manoir Hidalf, Juliette d'Argent reçut une enveloppe qui contenait une brosse à dents à quatre têtes. La jeune fille haussa légèrement les sourcils. Un bref message accompagnait ce mystérieux cadeau :

Chère Juliette d'Argent,
Je te confie Bougetou. J'espère que, le jour où je me réveillerai, sa cinquième tête aura enfin poussé.
Je compte sur toi pour empêcher ceux qui me rendraient visite d'abuser de mon sommeil. J'ai une inquiétude particulière au sujet de Marie-Marie du

Château Boisé. Je parie qu'elle m'aime toujours d'un amour véritable et que maman voudra qu'elle m'embrasse pour voir si je me réveille, comme dans les contes de fées.

Ma chère Juliette, je te prie de croire que je n'ai pas de temps à perdre avec ces sornettes.
Prends soin de moi,
Ton petit frère.

La petite Juliette d'Airain, pour sa part, pleura pendant une semaine parce qu'elle n'avait rien reçu de la part de son frère, jusqu'au jour où elle trouva par hasard un mystérieux ouvrage, glissé sous le tapis de sa chambre. La fillette reconnut au premier coup d'œil l'album de l'école de l'Élite de son frère, qu'il n'avait jamais accepté de lui prêter jusqu'alors. Elle le serra contre son cœur après avoir lu un mot qui disait simplement :

Juliette,
Si tu n'étais pas une fille, je suis certain que tu serais devenue le premier Élitien de la famille. Prends soin de mon album. À dans sept ans.
Ton grand frère.

Enfin, M. Rigor Hidalf lui-même, qui se désolait d'avoir été oublié, fut l'heureux destinataire d'une curieuse lettre qui arriva en même temps que son journal, un matin, alors qu'il prenait son petit déjeuner. Il ouvrit l'enveloppe avec empressement. Il était écrit :

Père,
À l'heure où vous lisez cette lettre, je suppose que la culpabilité vous accable.
C'est pourquoi je tiens à vous rassurer ; ce n'est pas seulement à cause de vous que j'ai décidé de m'endormir pendant sept ans, c'est-à-dire à tout jamais.
(D'ailleurs, il est vrai que j'avais d'abord demandé à la grand-mère édentée de vous endormir à ma place.)
Prenez soin de mes trois sœurs, de mon chien à quatre têtes et surtout de maman.
Votre fils et héritier sur lequel vous n'aurez plus aucune emprise le jour de son réveil, car il sera juridiquement un adulte,
Mathieu Hidalf.

M. Hidalf monta jusqu'au sommet du manoir pour s'expliquer avec Mathieu ; mais après qu'il eut passé dix minutes à hurler tout seul dans la chambre à coucher, il finit par jeter sa perruque par terre et retourner au grand salon.

Pour la première fois, ce jour-là, M. Hidalf se dit que le sommeil de son fils était après tout la meilleure nouvelle qu'il eut apprise ces dix dernières années.

Curieusement, seule Mme Hidalf ne reçut aucune nouvelle. À vrai dire, elle n'en attendait pas et fut presque heureuse du silence de son fils. Elle se disait qu'il n'avait pas osé lui mentir, à elle. Qu'il n'avait pas été capable d'écrire une lettre faussement joyeuse. Et que son silence était ce qu'il avait dit de plus sincère à un membre de sa famille.

Mathieu ne s'était pas endormi pour devenir un adulte, Mme Hidalf en était convaincue. La date qu'il avait choisie pour son réveil, le jour de ses dix-huit ans, n'était qu'un artifice, pour tromper le véritable motif de son sommeil.

Et jour après jour, nuit après nuit, elle restait au chevet de son fils. Et plus les jours et les nuits passaient, puis la longue nuit de Mathieu semblait déteindre sur elle.

Deuxième partie

La bataille de l'aube

Extrait de la constitution des Élitiens :

Au sujet des quatre ordres de l'école de l'Élite :
– L'école est divisée en **quatre ordres**, déterminés par l'âge des élèves et le nombre d'épreuves qu'ils ont accomplies au service de l'Élite. Chaque épreuve accomplie par un élève provoque la naissance d'une nouvelle branche sur l'arbre doré miniature, cousu sur son uniforme.

Au sujet de l'ordre des Prétendants élitiens :
– Le premier ordre est celui des **Prétendants élitiens**. Il réunit les élèves les plus jeunes de l'école. Ces élèves ont accompli moins de six épreuves. Les Prétendants dépendent de leurs parents ou tuteurs légaux.

Au sujet de l'ordre des Apprentis élitiens :
– Le deuxième ordre est celui des **Apprentis élitiens**. Ayant accompli au moins six épreuves, les Apprentis ne dépendent plus de leurs parents ou tuteurs légaux, mais des Élitiens en personne. Sur ordre d'un Élitien, un Apprenti est en droit d'enfreindre le règlement de l'école ou la Constitution du royaume. Un Apprenti doit accomplir au moins douze épreuves avant de pouvoir prétendre au troisième ordre : celui des pré-Élitiens.

Au sujet de l'ordre des pré-Élitiens :
– Les **pré-Élitiens** ne sont plus considérés comme des élèves. Ils sont en droit de confier une mission à un Apprenti, à un Cœur noir ou à une nymphette élitienne et ne peuvent recevoir d'instructions que de la part des Élitiens.

Au sujet de l'ordre des Élitiens :
– Les **Élitiens** constituent le quatrième ordre. Les Élitiens seront toujours trente. Ils ne peuvent être désignés que par les Élitiens eux-mêmes. Seuls les Élitiens sont en droit de juger ou de destituer un autre Élitien avant sa mort.
Le **capitaine des Élitiens** ne peut être nommé et destitué qu'en cas d'accord de la majorité des Élitiens.

Note au sujet des Cœurs noirs :
– Les **Cœurs noirs** sont les membres des services secrets de l'Élite. Chargés des missions de surveillance et de protection, ils sont composés d'anciens Élitiens, de pré-Élitiens et d'Apprentis ayant interrompu leur scolarité. Les Cœurs noirs ne possèdent pas d'arbre doré. Dans la mesure du possible, ils agiront toujours à visage couvert pour protéger leur identité.

Chapitre 9
Le protocole de réveil

Neuf mois plus tard, neuvième jour du mois des Rois, le jour du douzième anniversaire de Mathieu Hidalf

Une pluie épaisse sonnait aux fenêtres du manoir Hidalf. Le ronflement de l'eau résonnait dans les gouttières, se répercutant à la manière d'un léger tremblement dans les murs de la demeure.

Au grand salon, M. Rigor Hidalf n'avait que faire de la pluie. Il paradait devant un miroir, sous l'œil consterné de sa couturière personnelle, Mme Gloucester. La vieille femme ajustait à coups de ciseaux et d'épingles son costume rouge et or des grandes occasions, tandis que Juliette d'Argent, assise dans un fauteuil, donnait son avis d'une moue contrariée ou joyeuse, à la manière d'un jury.

Curieusement, s'il était habitué à donner des ordres de toutes sortes, M. Hidalf n'avait jamais eu le goût d'en recevoir. Or, Mme Gloucester avait une fâcheuse tendance à confondre sa paire de ciseaux avec un sceptre. Chaque fois qu'elle la brandissait au-dessus d'elle, manquant d'éborgner M. Hidalf, elle trouvait quelque chose de nouveau à lui ordonner.

— Relevez-vous ! disait-elle d'une voix pincée. Baissez-vous ! Levez les bras ! Inclinez la tête ! Rentrez le ventre, monsieur Hidalf, rentrez le ventre ! Vous avez l'élégance d'une barrique !

— Et vous, madame Gloucester, vous avez l'entêtement d'une *bourrique* ! répliqua M. Hidalf en s'empourprant.

— Asseyez-vous, au lieu de vous époumoner ! répliqua vertement la couturière. Très bien. À présent, relevez-vous ! Vous avez pris de l'embonpoint. Pliez les jambes ! Une deux, une deux !

Le teint écarlate à cause de l'effort, M. Hidalf gronda :

— Est-ce que je suis ici pour que vous ajustiez mon costume ou pour faire une séance de gymnastique ?

— Au lieu de protester, pensez à la patience qu'il me faut pour vous rendre seulement présentable !

M. Hidalf, qui à la vérité pensait plutôt à sa propre patience, estima justement qu'il en avait atteint les extrêmes limites. Rugissant à la manière d'un lion dont un moustique a troublé la paresse, il répliqua :

– Vous êtes renvoyée, madame Gloucester. Et sans indemnité, bien entendu. Sortez de ce manoir !

Juliette d'Argent observait cette discussion comme un duel d'épéistes. M. Hidalf venait d'utiliser sa botte secrète. Mais Mme Gloucester ne rendit pas les armes. Elle approcha au plus près du visage de M. Hidalf en brandissant ses ciseaux, et répéta, en prenant soin de détacher chaque syllabe :

– Le-vez les bras ! Vous ressemblez à une tomate farcie. Jamais je n'enverrai une tomate farcie à l'anniversaire du roi, vous m'entendez ?

Le teint livide, M. Hidalf obéit, levant tristement les bras ; Juliette d'Argent comprit que le duel était fini. Que pouvait faire son père de plus que de renvoyer la vieille couturière ?

Quelques minutes et bien des ordres plus tard, M. Hidalf prit enfin congé de Mme Gloucester en se jurant de ne plus jamais avoir recours à ses services.

– Vous êtes très élégant, père, fit remarquer Juliette d'Argent. Et cette perruque rouge… merveilleuse : c'est la cerise sur le gâteau !

En neuf mois, le visage de la jeune fille avait curieusement fondu ; elle avait grandi d'une dizaine de centimètres et son regard semblait noircir chaque jour.

— Très drôle, grogna M. Hidalf, le teint violacé par la colère, mais j'ai assez entendu de sornettes pour aujourd'hui.

S'empressant de changer de sujet, il bomba le torse, faisant étinceler le H doré cousu sur son costume.

— Ta mère et moi sommes déjà en retard pour l'anniversaire du roi. En notre absence, je te nomme responsable de Mathieu. C'est entendu ?

M. Hidalf aimait que les responsabilités soient clairement établies, ce qui avait l'avantage de pouvoir désigner immédiatement les coupables en cas d'incident. Juliette acquiesça en silence. À vrai dire, elle ne voyait pas ce qui pouvait arriver à Mathieu, à part, peut-être, de tomber de son lit. Et encore aurait-il fallu qu'elle le pousse.

Plus personne dans le royaume ne croyait à son réveil. Les Élitiens avaient rapidement compris que son arbre doré ne repousserait jamais. Louis Serra avait même, selon les rumeurs, rencontré la grand-mère édentée pour la contraindre à rompre le sortilège de sommeil. Mais la sorcière elle-même n'était plus en mesure de revenir en arrière. Voilà neuf mois que Mathieu n'avait pas ouvert un œil, ni même manifesté le moindre signe de vie. Mme Hidalf disait qu'il hibernait. Elle l'appelait « mon petit loir ». Mais la benjamine de la famille, Juliette d'Airain, s'était renseignée à la bibliothèque, et même les loirs n'hibernaient pas aussi longtemps que son frère. Deux mille cent quatre-vingt-dix jours. Cinquante-deux mille cinq cent soixante heures. Plus de trois millions de minutes. C'était le temps qu'il restait encore à Mathieu Hidalf avant de se réveiller.

Et quand il se réveillerait, la partie serait loin d'être gagnée. Le cœur d'un ours qui hiberne bat à dix pulsations par minute. C'est très peu. Mais celui de Mathieu battait déjà deux fois moins vite. Le médecin des Élitiens, Gustave Soupont, avait expliqué tout cela à la famille Hidalf. Une chose était certaine selon lui : pendant les six premières années de son sommeil, le cœur et les fonctions vitales du dormeur ralentiraient, rendant tout réveil impossible et dangereux. Mais, une fois la sixième année achevée, peu à peu, le processus s'inverserait, jusqu'au réveil tant attendu. C'était un peu comme la course du soleil au fil des saisons, avait fait remarquer maître Magimel. En hiver, les nuits s'allongeaient à toute allure. Puis, un jour, imperceptiblement, elles raccourcissaient, sans qu'on s'en rende vraiment compte. Le jour finalement durait de plus en plus longtemps. Et un matin, l'été était survenu, immanquablement. Mais l'été était passé. Et Mathieu dormait toujours.

M. Hidalf continuait d'observer son reflet dans

un miroir du grand salon, d'un air finalement satisfait.

— Va chercher ta mère, Juliette. Et dis-lui de se presser, s'il te plaît.

Juliette d'Argent pâlit légèrement.

— Je ne veux pas aller la chercher, protesta-t-elle. Je ne veux pas la voir. Et je ne veux pas non plus voir Mathieu.

Pendant une seconde, M. Hidalf resta figé. Voilà que sa fille la moins incommodante se mettait à imiter sa grande sœur.

— Je ne te demande pas ce dont tu as envie, mais d'aller chercher ta mère, répliqua-t-il durement. Je l'attends au salon.

*

En montant l'escalier de la tour des Enfants, à chaque nouveau pas, Juliette d'Argent sentait son cœur cogner un peu plus fort dans sa poitrine. Là-haut, de la chambre de Mathieu, résonnait la voix paisible de Mme Hidalf. Elle lisait sans doute un conte de fées à Mathieu. Juliette hâta le pas. Parvenue à la porte de la chambre à coucher, elle observa discrètement sa mère, assise dans le fauteuil qu'elle ne quittait presque plus, même la nuit. Mme Hidalf refusait de franchir les portes du manoir depuis l'endormissement de Mathieu. Elle refusait de dîner à table. Elle refusait de dormir dans son lit. Mais ce soir-là, pour la première fois, elle avait promis de retourner à la cour, pour l'anniversaire du roi.

Elle portait une robe magnifique, au tissu ondoyant, dont le rouge sanguin jurait avec la pâleur de son visage. Cette robe et cette voix chaude rassurèrent Juliette d'Argent. Sans attendre que sa mère finisse sa lecture, elle annonça :

– Papa vous attend au grand salon, maman.

La voix de Mme Hidalf se brisa net.

– Silence, Juliette, dit-elle d'un air de reproche. Je n'ai pas fini le conte de fées que je lis à ton frère.

– Parce que vous croyez vraiment qu'il vous écoute ?

La réponse avait fusé froidement, incontrôlée, comme un éclair. Juliette espéra une seconde qu'un coup de tonnerre allait retentir, qu'une dispute éclaterait. Mais Mme Hidalf ne prenait plus la peine de se disputer avec qui que ce soit depuis longtemps ; elle posa sur sa fille un regard vide.

– N'élève pas la voix, je te prie. Ton frère a besoin de calme.

Dans son lit, Mathieu Hidalf ne réagissait pas. C'est à peine si l'on pouvait sentir battre son cœur, en posant la main sur sa luide. Cinq battements par minute, avait dit le médecin. Juliette d'Argent sentit son propre cœur battre vingt fois plus fort.

– *Besoin de calme ?* répéta-t-elle. De *calme ?* Mère, quand ouvrirez-vous les yeux ? Voilà neuf mois qu'il dort... Neuf mois ! Des centaines de jours ! Mathieu n'a pas besoin de calme. Il n'a pas besoin de vos contes de fées.

Mme Hidalf fixait sa fille d'un air lointain.

– Vous croyez qu'il a pensé une seconde à nous tous avant de s'endormir ? balbutia Juliette. Vous croyez qu'il a pensé à tous les élèves de l'école de l'Élite, qui ont dû la quitter à cause de lui ? Je voudrais qu'il ne se réveille jamais !

– Juliette, intervint une voix grave à l'entrée de la chambre. Calme-toi.

M. Hidalf était apparu dans l'encadrement de la porte, vêtu de son costume rouge. Il avait l'air plutôt peiné que furieux. Juliette d'Argent quitta la chambre à grands pas, tandis que Mme Hidalf tournait ses grands yeux noirs vers son mari. Ses mains s'agitèrent aussitôt. Leur tremblement sembla se communiquer à sa voix blanche.

– Je veux rester ici. Je ne peux pas le quitter aujourd'hui. C'est son anniversaire, n'est-ce pas ?

– C'est également l'anniversaire du roi, fit calmement remarquer Rigor Hidalf. Et le roi nous a conviés au château, souviens-toi. Nous lui avons dit que nous viendrions. Nous sommes déjà en retard. Lève-toi, Emma, s'il te plaît.

Les bras de Mme Hidalf étaient contractés nerveusement sur l'accoudoir de son fauteuil, auquel elle s'agrippait de toutes ses forces.

– Et s'il se réveille ? résista-t-elle. Et si Mathieu se réveille ce soir, et que je ne suis pas là ?

M. Hidalf avait eu cette discussion cent fois avec son épouse. Chaque fois qu'il devait la convaincre de passer à table ou de s'allonger un peu, il entendait les mêmes protestations, comme un éternel refrain. Ordinairement, il cédait toujours. Ce soir-là, il insista :

– Il ne se réveillera pas, Emma, tu le sais bien. Et Juliette d'Argent veille sur lui. Maître Magimel et le docteur Boitabon sont également au manoir si nécessaire. Il ne lui arrivera rien. Lève-toi, s'il te plaît. Tu es ravissante.

Alors, Mme Hidalf se leva sans plus de résistance. Sans oser se retourner, elle disparut dans l'escalier où ses pas retentirent, légers et inconsistants. M. Hidalf les écouta attentivement. Puis il approcha du lit où Mathieu dormait. Il avait à peine eu l'occasion de se trouver seul dans la chambre de son fils depuis son endormissement. Il lui trouva, même dans son sommeil, un air légèrement moqueur. Pendant une seconde, il fut surpris du silence de Mathieu.

– Ta mère et moi quittons le manoir deux jours, annonça-t-il. Tu es responsable de ta sœur.

Et avant de descendre l'escalier de la tour des Enfants, il ajouta :

– Joyeux anniversaire.

Un instant plus tard, Mme Hidalf monta à bord d'un carrosse rouge sous une pluie battante. La pauvre femme semblait inerte, comme si quelques pas au-dehors du manoir avaient suffi à l'épuiser. Dans le ciel, une nuée de nymphettes dévouées avait bravé la pluie. Les fées ruisselaient de gouttes énormes, qui semblaient dorées à la lueur de leurs battements d'ailes frénétiques.

Aux fenêtres du manoir, Juliette d'Argent n'avait jamais rien vu de si beau. Couvert par le vacarme de l'averse, le carrosse s'éloigna. La jeune fille resta longtemps à la fenêtre dégoulinante d'eau, le nez appuyé contre la vitre, le regard perdu dans l'horizon noir.

*

Au cœur du vestibule de l'école de l'Élite, Pierre Chapelier et Octave Jurençon patientaient dans le froid. Ils comptaient parmi les rares Prétendants dont les parents n'avaient pas exigé le retour chez eux. Ce soir-là, ils étaient noyés dans la masse d'Apprentis, de pré-Élitiens et d'Élitiens qui attendaient comme eux. La coutume voulait que chaque membre de l'Élite assiste à l'anniversaire royal. Mais ce soir-là, sous la clarté de l'Arbre doré, tout le monde pensait à l'anniversaire de Mathieu Hidalf. C'était là, à l'entrée de l'école, que l'arbre des Élitiens était planté, comme un gardien centenaire. Cet arbre briserait la lame de n'importe quelle hache. Il résisterait aux flammes d'un incendie. Ses branches les plus fines ne pouvaient être cassées par rien au monde, tant que les membres de l'école ne quittaient pas ses rangs. Et c'était cet arbre unique dans le royaume que les frères Estaffes voulaient anéantir.

Enfin, le capitaine Louis Serra apparut. Pierre aurait juré qu'il avait levé les yeux vers la cime de l'arbre, là où la branche de Mathieu Hidalf avait brillé autrefois, avant de se briser le jour où il avait prononcé le Serment noir. Armance Dacourt attira alors l'attention de la foule.

— Vous connaissez les consignes de sécurité, dit-elle. Hors de l'école, ne restez jamais seuls. Chacun des Prétendants doit rester en vue des deux Élitiens qui ont été désignés pour assurer sa sécurité. Vous ne verrez pas les Cœurs noirs parmi nous. Mais ils seront bien là, prêts à intervenir en cas d'incident. En cas d'incident, justement, vous savez comment procéder. Pas de fuite désordonnée. Pas de panique. Chacun suivra les deux Élitiens chargés de sa sécurité et se rendra immédiatement sous l'Arbre doré.

La comtesse parcourut la foule du regard, peut-être pour prévenir une éventuelle question. Voyant qu'aucune main ne se levait, elle reprit :

— Par ailleurs, vous savez que toute la noblesse

du royaume sera présente ce soir. Il y aura également, je présume, la plupart de vos camarades que leurs parents ont rappelés chez eux. Je serai intransigeante sur ce point : je vous interdis de juger les élèves qui ont été obligés de quitter l'école. Et souvenez-vous que, même en dehors de l'établissement, la plupart d'entre eux possèdent encore leur luide. Ils feront peut-être un jour leur retour. En route.

Pierre et Jurençon se tenaient côte à côte. Ils songeaient l'un et l'autre à Roméo. Méphistos Pompous avait interdit à son fils tout contact avec des membres de l'école de l'Élite. Ce serait la première fois que les deux Prétendants reverraient leur ami.

Devant eux, Louis Serra en personne signa le registre de l'école, qui permettait d'en ouvrir la Grille épineuse. Elle tourna sur ses gonds, redoutable, immense comme une vague noire. Alors, entourés d'Élitiens en armes, les élèves de l'école de l'Élite se déversèrent dans les galeries lugubres du château du roi. Au-dessus d'eux, plusieurs vols de nymphettes effectuaient des allers-retours silencieux, éclairant de temps en temps la silhouette d'un Cœur noir.

Avant de franchir la grille, Pierre se retourna une dernière fois vers la cime de l'Arbre doré. Douze ans. C'était l'âge de Mathieu ce jour-là. Un an plus tôt, jour pour jour, sa branche avait poussé au sommet de l'arbre des Élitiens. À quelques pas, deux jeunes filles observaient l'arbre également : l'une était blonde comme les blés, l'autre, minuscule, avait froncé ses sourcils, en forme d'accents circonflexes.

À côté de Pierre, la comtesse Dacourt marchait à grands pas. Il devina qu'elle était la seule à ne pas penser à Mathieu. Une peur infime brillait au fond de ses yeux noirs. La peur qu'il arrive quelque chose à ses élèves ce soir-là. C'était tout ce qui occupait l'esprit de la directrice.

*

La chambre de Mathieu Hidalf était devenue le lieu le plus sombre du manoir. Les nymphettes y avaient été interdites. C'était l'un des nombreux points du « Protocole Soupont », établi par le médecin des Élitiens. Le dormeur victime d'un sortilège de sommeil vivait dans une obscurité constante. En cas de rêve agité, s'il arrivait que le dormeur ouvre les paupières, il pouvait être gravement aveuglé par la moindre lueur.

Juliette d'Argent était restée longtemps dans sa propre chambre, à regarder tomber la pluie et à consulter, de temps en temps, un gros réveil doré, qu'elle cachait dans un tiroir de sa commode. Le réveil À *quoi rêve Mathieu Hidalf ?* s'était vendu à des dizaines de milliers d'exemplaires en quelques semaines. Outragé que l'on puisse s'enrichir sur le dos de son fils, M. Hidalf avait fait un procès retentissant, qu'il avait gagné, avant que l'on découvre que l'actionnaire principal de l'entreprise n'était autre que Mathieu. En tant que responsable de son fils, M. Hidalf avait dû payer les dommages et intérêts, qui s'étaient élevés à un montant exorbitant. Depuis, il ne voulait plus entendre le tic-tac d'un réveille-matin. Ce soir-là, la grosse aiguille qui indiquait à quoi rêvait Mathieu était figée sur l'inscription : *À la cinquième tête de Bougetou*.

Finalement, une bougie à la main, Juliette monta en silence les marches qui la séparaient de la chambre de son frère. Elle resta un moment sur le seuil, puis elle avança lentement jusqu'au lit, la bougie tenue au-dessus d'elle. Elle la déposa sur la table de nuit de Mathieu. Pour la première fois, elle prit le soin d'observer son visage. Quand on le voyait paisiblement assoupi, on avait peine à croire qu'un simple claquement de doigts ne mettrait pas fin à son sommeil. Juliette d'Argent tendit la main vers lui comme si elle voulait soulever ses paupières. Au lieu de cela, elle lui pinça les narines entre le pouce et l'index. Mathieu poussa un vague grognement. Ses narines frémirent, comme pour chasser une mouche qui lui tournerait autour. Mais ses yeux restèrent désespérément clos.

– Je voulais être sûre que tu dormais, expliqua la jeune fille.

Au son de sa voix, quelque chose remua dans l'obscurité. L'énorme Bougetou avait élu domicile sous le lit de son maître. Trois de ses quatre têtes apparurent sous la couverture qui touchait le sol et dévisagèrent Juliette avec étonnement. La jeune fille sourit en caressant la tête la plus proche d'elle.

– Toi aussi, tu t'ennuies, n'est-ce pas ?

Bougetou sortit lentement de sa cachette et s'affala sur le tapis, au pied du fauteuil que Mme Hidalf avait occupé un peu plus tôt. Sa quatrième tête dormait profondément. Juliette se laissa glisser contre l'animal. Entre les pattes antérieures du chien, elle aperçut le recueil de contes que sa mère avait dû laisser tomber en quittant la chambre. Lentement, elle ouvrit le livre et se réfugia contre le poitrail blanc de Bougetou.

– Je ne lis pas pour toi, dit-elle en direction du lit de son frère. Je lis pour moi.

Sa voix tremblait légèrement lorsqu'elle reprit l'histoire là où sa mère l'avait interrompue. Bientôt, le conte de fées l'apaisa. Il lui arriva même de sourire, arrêtant sa lecture, la reprenant d'une voix chaude qui résonnait dans toute la chambre. Elle se disait qu'après tout elle était mieux là qu'à l'anniversaire du roi, coincée entre la haute noblesse du royaume et les élèves de l'école de l'Élite. En arrivant à la fin de l'histoire, cependant, elle sentit peu à peu la tristesse la gagner. Elle ralentit son débit, puis entrecoupa chaque phrase d'un silence. Jamais, sans doute, un lecteur n'avait prononcé si tristement les derniers mots d'un conte :

– Ils vécurent heureux, souffla-t-elle. Et ils eurent beaucoup d'enfants.

Le silence retomba sur la chambre à coucher. Juliette ne savait plus quoi faire à présent. Elle aurait voulu que le conte ne se termine jamais. Elle aurait voulu dire quelque chose, quelque chose d'autre, mais elle n'y arrivait pas. Elle remua, dérangeant Bougetou dont trois têtes ronflaient doucement.

– Bonne nuit, dit-elle.

Elle achevait tout juste sa phrase lorsqu'un mot retentit. Il résonna dans la chambre à coucher, prononcé du bout des lèvres, si faiblement qu'elle n'était pas certaine de l'avoir entendu vraiment : « Juliette. »

Juliette d'Argent se figea. Quant à Bougetou, il se redressa si brutalement que ses trois têtes endormies ouvrirent des yeux paniqués. Alors, le chien se mit à hurler à la mort.

– Il… Il… Il a parlé ? balbutia Juliette d'Argent. C'était bien lui ?

Elle n'osait pas bouger. Oui, c'était lui. Qui

d'autre aurait pu parler ? Et Bougetou qui s'était redressé ! Il avait reconnu la voix de son maître. Assise sur le plancher, Juliette ne voyait que le sommier du lit sans apercevoir son frère. Jamais, en neuf mois, Mathieu n'avait prononcé le moindre mot dans son sommeil. Jamais. Le Dr Soupont avait dit que c'était presque impossible. Que son cœur battait trop lentement.

Il fallut à la jeune fille un temps infini pour se redresser. Elle s'approcha du lit pas à pas. Dans sa main, la bougie tremblait tellement que le visage de Mathieu, à cause du jeu des ombres, semblait grimacer. Mais ses paupières étaient toujours closes. Ce fut alors que, par-dessus la couverture, Juliette vit la main de son frère se crisper. Elle ne l'avait pas vu aussi agité depuis son endormissement. Des larmes brouillèrent aussitôt sa vue.

– Mathieu ? chuchota-t-elle. Est-ce que tu m'entends ? Dis-moi que tu m'entends !

Il ne répondit pas. Plus les secondes passaient, plus les larmes coulaient sur le visage de Juliette. Elle épia le visage de son frère dans l'attente d'une réaction. Elle attendit longtemps, peut-être plusieurs minutes. Derrière elle, Bougetou était sagement assis au pied du lit. Les lèvres de Mathieu frémirent soudain, comme agitées par un souffle venu du plus profond de lui. Une voix faible, lointaine, si lointaine qu'il aurait fallu se pencher sur sa bouche pour l'entendre nettement troubla le silence :

— Juliette.

La poitrine de Juliette d'Argent se souleva sous le choc, le sang afflua à son visage. Elle voulut dire quelque chose mais ses paroles s'étouffèrent dans un sanglot. Soudain, la jeune fille se ressaisit. En trois enjambées, elle atteignit le bureau de son frère sur lequel était posé le « Protocole de réveil », rédigé par le Dr Soupont. Elle l'ouvrit directement à la page qu'elle recherchait : *Consignes à suivre en cas de réveil du dormeur*. La première consigne était déjà au-dessus de ses forces. Il était écrit :

Consigne n° 1
Une personne familière au dormeur pourra parler sans cesse à son oreille, en lui prenant la main. Ne parlez pas trop fort. Un murmure suffira.

— Mathieu, tu m'entends ? dit la jeune fille. Réveille-toi, je t'en prie.

Consigne n° 2
Maintenez le dormeur dans l'obscurité la plus profonde. Toute exposition à une lumière trop intense peut causer de graves séquelles. N'oubliez jamais : le pire ennemi du dormeur est la lumière.

Juliette décida qu'elle soufflerait la bougie dès qu'elle aurait lu l'ensemble du protocole.

Consigne n° 3
Le plus gros risque couru par un dormeur au moment de son réveil est un arrêt cardiaque. Contrôlez le cœur du dormeur en tâtant son pouls. Les battements doivent aller en s'intensifiant et battre à plus de trente pulsations par minute au moment du réveil. En cas de battements trop espacés, ou trop irréguliers, faites immédiatement appel à un médecin.

Juliette n'eut qu'à déplacer sa main pour prendre le pouls de Mathieu, en posant le pouce au niveau de son poignet. Elle compta jusqu'à dix entre les deux premiers battements. Ils étaient à peine perceptibles. Pour obéir à la première consigne, qui conseillait de parler au dormeur, elle compta à nouveau, à voix haute :
– Un, deux, trois, quatre, cinq, six, sept, huit, neuf, dix : un battement.
Elle compta longtemps ainsi, sans constater aucune progression. Mathieu était très loin des trente battements requis pour son réveil. Mais soudain, un infime espoir anima Juliette. Elle comptait toujours. « Un, deux, trois, quatre, cinq, six, sept, huit… (Elle s'interrompit.) » Un battement. Elle répéta plusieurs fois l'opération. Aucun

doute. Les battements du cœur de Mathieu étaient de moins en moins espacés. Huit secondes entre chaque pulsation était encore trop, beaucoup trop, mais c'était bien mieux que dix secondes.

— Tu vas te réveiller, balbutia-t-elle. Je le sais. Tu vas te réveiller pour tes douze ans. Réveille-toi, réveille-toi, réveille-toi.

— Consigne n° 4 :
Veillez à respecter les trois premières consignes jusqu'au réveil du dormeur.

Avertissements particuliers :
— Dans les heures qui suivent leur réveil, il n'est pas rare de constater une légère confusion chez les dormeurs de longue durée. Cette confusion se traduit généralement par des troubles de la mémoire ou de l'attention. En cas de prolongement inquiétant de ces troubles, consultez un médecin.
— Si curieux que cela puisse sembler, quel que soit le temps qu'il a dormi, un dormeur est épuisé par son réveil, qui nécessite l'emploi de toutes ses forces. La plupart des dormeurs ont besoin de sommeil dès qu'ils ouvrent les yeux. Laissez-les se rendormir sans crainte.
— Enfin, courage ! Le réveil d'un être cher est souvent aussi éprouvant pour ses proches que pour le dormeur lui-même.

– Merci pour les encouragements, bredouilla Juliette d'Argent.

Et elle souffla la bougie, plongeant la chambre à coucher dans une obscurité totale, n'entendant que sa voix compter et sentant le cœur de Bougetou battre contre elle.

Chapitre 10
Trente battements de cœur

Peut-être était-ce la pâleur inhabituelle de son visage qui attira sur Mme Hidalf tous les regards ce soir-là. À moins que ce ne fût seulement son retour à la cour, après neuf mois d'absence.

C'était comme si le malheur qui s'était abattu sur elle, au lieu de l'affaiblir, avait révélé ses moindres grâces. Comme si la distance polie, presque imperceptible qu'elle imposait d'un simple mot, la rendait incroyablement belle.

L'ensemble de la cour était déjà attablé lorsqu'elle pénétra dans la salle Cérémonie, au bras de M. Hidalf. Un silence pesant tomba. Les bouches se refermèrent puis s'entrouvrirent. À la table des Élitiens, Louis Serra et la comtesse Dacourt furent les premiers à se lever. Devant son trône, le roi se dressa à son tour, posant sur M. Hidalf un regard qui semblait dire : « Vous n'étiez pas obligés de venir. » Peu à peu, toute la cour se leva dans le raclement des pieds de fauteuil contre le parquet.

Sans le bras de son mari, Mme Hidalf se serait sans doute enfuie. Elle évita soigneusement le regard des enfants assis aux tables de l'école de l'Élite, ignorant même la petite fille, assise parmi les garçons, qui lui faisait de grands signes de la main. Mais elle ne pensa pas à éviter Roméo Pompous, assis à la longue table de la noblesse, en compagnie de ses parents. Roméo tenait sa fourchette le long de son bras et dévisageait Mme Hidalf, pétrifié. Depuis qu'il avait été forcé de quitter l'école de l'Élite, il rêvait toutes les nuits de s'endormir comme Mathieu. Parfois, le soir, devant son miroir, il répétait d'une voix étranglée : « Je désobéirai. Je désobéirai. Je désobéirai. » Et il pensait avec une jalousie terrible : « À ma place, Mathieu Hidalf aurait désobéi. »

Roméo ressemblait assez à Mathieu. Il avait comme lui les cheveux bruns, mais les siens étaient bouclés. Il avait le même air moqueur, légèrement méprisant. Mais les yeux de Mme Hidalf ne virent aucun trait de ressemblance entre son fils et ce garçon. Ce qui alerta son attention, ce fut simplement que Roméo soit assis là, à la table de la noblesse, et non pas à celle des Élitiens. M. Rigor Hidalf n'en crut pas ses oreilles lorsqu'il entendit son épouse demander :

– As-tu été exclu de l'école, Roméo ? Je suis désolée.

La salle Cérémonie, un instant plus tôt, était déjà parfaitement muette. Mais elle aurait paru bruyante à côté du silence qui suivit ces paroles. Un frémissement parcourut la table des Élitiens. Pierre Chapelier et Octave Jurençon échangèrent un coup d'œil inquiet. Armance Dacourt elle-même hésita à intervenir. Quant à M. Hidalf, il dévisageait son épouse avec confusion. Que pouvait-il lui dire ? Que depuis que son fils s'était endormi, le royaume avait continué à vivre ? Qu'à cause de ce qui était arrivé à Mathieu, des dizaines de parents avaient retiré leurs enfants de l'école ? Que l'on prétendait même que certains d'entre eux les avaient forcés à prononcer le Serment noir, pour détruire leur arbre doré et les protéger des frères Estaffes ? Il n'ouvrit pas la bouche et attendit, espérant que son épouse allait s'asseoir. Mais Mme Hidalf avait les yeux plantés dans ceux de Roméo. Elle voulait une réponse.

– Dis-lui, chuchota Pierre Chapelier de sa place. Dis-lui la vérité.

– Je n'ai pas été exclu, madame Hidalf, dit alors Roméo. Mes parents ne voulaient pas qu'il m'arrive la même chose qu'à Mathieu. Je leur ai expliqué que cela n'avait rien à voir. Mais ils m'ont obligé à quitter l'école.

La tension, dans la salle Cérémonie, devint rapidement insupportable. Depuis des mois, la noblesse et les Élitiens bataillaient ; les uns pour obtenir la fermeture de l'école, les autres pour la maintenir ouverte. Louis Serra observait Mme Hidalf. Il ne fit pas un geste, semblant au contraire encourager cette conversation. Le visage de Mme Hidalf reprit alors des couleurs. Elle se tourna vers Méphistos et Anna Pompous avec lenteur. Mais sa voix était glaciale quand elle leur lança :

– Comment avez-vous osé ?

Cette fois-ci, le silence se mua en orage.

– Emma Hidalf, je vous prie de vous mêler de l'éducation de vos enfants, qui semble n'avoir pas été un franc succès, répliqua Méphistos Pompous.

M. Hidalf vira au rouge. Sans doute Mme Gloucester aurait-elle trouvé qu'il avait décidément tous les attributs d'une tomate farcie. Le hasard voulut qu'il s'empare d'une corbeille de pain, qu'il jeta au visage de Méphistos Pompous. Celui-ci resta un moment interdit. Il hésita à riposter puis, finalement, il dit d'un ton pincé :

– Anna, Roméo, nous partons.

Et il quitta son fauteuil, avant de se retourner lentement vers son fils, qui n'avait pas bougé. Roméo était blême. Au loin, il aperçut Pierre et Jurençon qui lui chuchotaient quelque chose.

– Roméo, gronda Méphistos Pompous avec un geste d'impatience. Viens immédiatement.

– Non.

Jamais un mot de trois lettres ne parut si long à Méphistos Pompous. Il n'aurait pas paru plus offensé si M. Hidalf lui avait envoyé toute la table du banquet à la figure, au lieu de la corbeille de pain. Roméo n'attendit même pas que son père exige une explication. Il déboutonna lentement le col de sa tunique dorée. Aussitôt, quelque chose scintilla sur son cœur. Roméo portait sa luide sous son costume de cérémonie. Assis à la table de la noblesse, vingt-neuf enfants qui avaient été contraints de quitter l'école firent alors un pas à côté de leur fauteuil. Quelque chose luisait également sous leur costume. Le roi ne prononça pas un mot lorsqu'il entendit son neveu hurler :

– Tous à l'Arbre doré !

Personne ne sembla comprendre ce qu'Octave Jurençon avait précisément voulu dire jusqu'au moment où Roméo monta sur la table de la noblesse et s'élança en direction des portes de la salle Cérémonie, renversant des dizaines de verres et de plats, provoquant les hurlements des parents aspergés de vin. En même temps que lui, des dizaines d'enfants assis à côté de leurs parents se mirent à courir.

– Arrêtez-les ! hurla Méphistos Pompous, livide, en se tournant vers le roi.

Au lieu d'arrêter les fuyards, l'ordre de Méphistos ne fit que semer le trouble dans les rangs des élèves de l'Élite; Pierre et Jurençon furent parmi les premiers à se précipiter à leur tour hors de la salle.

– Que tout le monde reste à sa place ! intima la comtesse Armance Dacourt.

Dans la foule, un cri victorieux retentit comme un pied de nez : « Joyeux anniversaire à Mathieu Hidalf ! » Et même Tristan Boidoré, le neveu de la comtesse, se mit à courir parmi les Prétendants et les Apprentis. Ce fut la débandade. La comtesse Dacourt chercha l'aide de Louis Serra. Le capitaine se leva lentement, après avoir essuyé ses lèvres sur une serviette blanche.

– Joyeux anniversaire à Mathieu Hidalf, dit-il seulement.

Et il s'enfonça dans la foule.

Une nuée désordonnée de nymphettes fonçait dans les couloirs, pour éclairer les fuyards, tandis que les Élitiens et les Cœurs noirs avaient pris le parti de ne retenir personne et de se préoccuper uniquement de la sécurité des élèves.

Il y en avait dans tous les couloirs du château du roi. On aurait dit un torrent qui déborde et s'engouffre dans chaque sillon à sa portée. Pierre et Jurençon ne tardèrent pas à rattraper Roméo. Ses yeux étincelaient. Un sourire insouciant éclairait son visage.

— J'ai été brillant, n'est-ce pas ? demanda-t-il.

— Brillant, oui ! souffla Pierre. Vite ! Une fois dans l'école, Louis Serra nous protégera, j'en suis convaincu.

— Nous allons avoir d'énormes ennuis, haleta Jurençon. Et je crois que je commence à adorer ça !

Jurençon avait sans doute à moitié raison et à moitié tort ; lorsque la silhouette de la comtesse Dacourt apparut, au bout de la galerie, il comprit qu'il allait avoir de gros ennuis mais que, en revanche, il n'allait pas du tout adorer ça. La directrice avait un visage de marbre. Elle dit d'une voix déçue, sans même hausser le ton :

— Vous nous avez tous mis en danger ce soir, et délibérément. Tout ce que vous avez obtenu, c'est la fermeture certaine de l'école de l'Élite et l'exclusion des Prétendants. Rendez-vous immédiatement à vos dortoirs. Demain matin, à huit heures, la noblesse rencontrera les Élitiens. Je vous interdis de semer le moindre trouble supplémentaire. Vous serez avertis de notre décision vous concernant dans la matinée.

*

L'aube se levait sur le manoir Hidalf, illuminant ses tours majestueuses. La pluie avait cessé. Dans la chambre de Mathieu, Juliette d'Argent était tombée profondément endormie. Sa chevelure brune, répandue sur la couverture blanche de Mathieu, ressemblait à la fourrure d'un petit animal.

La jeune fille avait compté toute la nuit. Elle tenait encore la main de son frère dans la sienne. Elle avait compté mille fois. Le succès lui avait donné la force de tenir bon. Les huit secondes entre chaque battement, au bout d'une heure, étaient devenues sept secondes. Une heure plus tard, le progrès avait été significatif : l'espacement n'était plus que de cinq secondes. Une heure avait encore passé lorsque Juliette compta :

– Un, deux : un battement. Un, deux : un battement.

Un battement toutes les deux secondes, c'est ce qu'elle attendait depuis le premier mot de Mathieu. Cela faisait trente pulsations à la minute, soit le nombre requis pour que le dormeur se réveille en sécurité.

Elle avait résisté au sommeil encore quelques minutes, puis elle s'était assoupie avec l'impression étrange que Mathieu se réveillerait avant elle.

L'aube s'était infiltrée à travers les rideaux et les volets. Elle semblait vouloir pénétrer à tout prix dans la chambre à coucher.

Mathieu dormait paisiblement. Mais quelque chose, à l'intérieur de lui, s'éveillait progressivement. Ce fut d'abord l'aile d'une narine qui remua, gênée par une poussière. Ce fut une paupière qui frémit, troublée peut-être par la faible lueur du jour. Puis ce furent les lèvres closes et noires qui s'entrouvrirent et rosirent lentement, absorbant l'air.

Seul le visage extraordinairement pâle troublait ce tableau d'un sommeil ordinaire. Le silence dans la chambre à coucher était total. Bougetou lui-même ne ronflait pas, assoupi à côté de Juliette. Peu à peu, un crépitement infime fit se dresser les oreilles du chien.

Mathieu Hidalf portait sa luide, comme au jour de son endormissement. Un tressaillement parcourut sa poitrine. Un éclat de trois fois rien scintilla sur son cœur, si faible qu'on aurait dit une paillette. Soudain la paillette s'épaissit. Son intensité s'accrut. Et, comme si cette étincelle dorée avait éclaté, des dizaines de filaments ondulèrent sur la luide noire, non pas au-dessus, mais dans le tissu même, à la manière du sang qui irrigue le cœur dans les veines. Quand les filaments cessèrent leur croissance, ils avaient constitué des centaines de minuscules racines. Elles semblèrent puiser dans le cœur du dormeur. Puis un tronc doré jaillit. Le sommeil de Mathieu devint nerveux. Ses mains s'agitèrent, son bras droit s'anima ; on aurait dit qu'il chassait un moucheron. Au bout du tronc lumineux, deux branches poussèrent en même temps : l'une était dorée, l'autre rouge comme un rubis. L'arbre s'illumina, plus fort que l'aube. Puis il parut refroidir.

Mathieu Hidalf s'apaisa aussitôt et, tandis que l'aube progressait, son arbre luisait à la lumière du jour.

*

Lorsque Juliette d'Argent s'éveilla, le nez enfoui dans la couverture de son frère, sa nuque était endolorie. Elle avait sans doute dormi dans une mauvaise position. D'ailleurs, ses genoux la faisaient souffrir également. Elle fut aveuglée par un vif éclat. Les fenêtres et les rideaux de la chambre étaient ouverts. Prise de panique, la jeune fille resta figée. *Le soleil était le pire ennemi d'un dormeur.* Elle voulut se redresser et courir fermer les volets, avant de constater l'impossible : le lit de son frère était vide. On voyait nettement le creux formé dans le matelas par la forme du corps.

Une voix qu'elle reconnut à peine, tant elle était enrouée, résonna derrière elle :

– Je n'ai pas osé te réveiller.

Elle tourna lentement la tête. Mathieu l'observait de ses grands yeux noirs, assis dans le fauteuil où sa mère l'avait si souvent veillé. Il n'avait pas changé, bien sûr, depuis ses onze ans. Sa croissance avait été interrompue par le sortilège de sommeil.

Même ses cheveux n'avaient pas poussé d'un centimètre. Pourtant, Juliette avait l'impression que son frère avait grandi. Stupidement, les premiers mots qui lui vinrent à la bouche furent :

— Tu... Tu as bien dormi ?

Mathieu cligna plusieurs fois des yeux.

— Combien de temps a duré mon sommeil ?

— Tu as eu douze ans hier.

Un sourire incroyable, démesuré, éclaira son visage.

— Juliette, il a réussi... Louis Serra a réveillé mon arbre doré, tu as vu ? C'est la première fois qu'un arbre renaît de ses cendres.

— Je ne sais pas si Louis Serra y est pour quelque chose, Mathieu...

Il n'émit aucun commentaire. Lentement, ses paupières s'étaient refermées. Il venait de s'assoupir.

Assise contre Bougetou, au pied du fauteuil dans lequel dormait son frère, Juliette d'Argent se promit de féliciter le Dr Soupont pour la justesse de son protocole, qu'elle avait relu soigneusement. Un article surtout lui paraissait à présent tout à fait justifié : *Si curieux que cela puisse sembler*, avait écrit le docteur, *quel que soit le temps qu'il a dormi, un dormeur est épuisé par son réveil, qui nécessite l'emploi de toutes ses forces.*

En effet, Mathieu ne cessait de s'éveiller, le temps d'échanger quelques mots avec sa sœur, et de plonger de nouveau dans un sommeil léger. C'était des mots essentiels, brusquement entrecoupés par un long bâillement :

– Maman… Maman va bien ?

– Oui, mentit Juliette.

– Combien de temps as-tu dit que j'ai dormi ?

– Neuf mois. Tu as eu douze ans hier.

– …

Un silence, Mathieu s'était rendormi. Mais bientôt, sans prévenir, ses yeux s'ouvraient brusquement.

– Et Marie-Marie ?

– Quoi, *Marie-Marie* ?

– Elle est venue au manoir pendant mon sommeil ?

Marie-Marie du Château Boisé était une jeune fille à laquelle Mathieu avait été fiancé contre son gré, avant que ses sœurs ne parviennent à empêcher leurs noces de justesse.

– Elle est venue, oui, approuva Juliette.

– Pour m'embrasser, je parie ? Elle espérait me réveiller comme dans les contes, cette idiote…

– Oui, elle est venue pour t'embrasser.

– Quelle horreur ! Et vous l'avez laissée faire ?

– Il était prévu qu'elle t'embrasse. Mais au lieu de te donner un baiser, elle a préféré te donner un soufflet. Tu as gardé la trace de sa main, sur ta joue, pendant une semaine.

Mathieu posa la main sur sa joue blafarde comme pour y sentir l'empreinte du «baiser» de Marie-Marie.

— Elle m'a donné un soufflet ? Alors que je dormais ? Et vous l'avez laissée faire ?

— Oui. Nous avons bien ri.

Mathieu ne protesta pas davantage : il se rendormit. Dans les moments de sommeil, Juliette épiait son visage. Parfois, juste pour le plaisir, elle pinçait son frère, dont les yeux noirs s'ouvraient aussitôt, un peu égarés, avant de se fermer à nouveau. Lorsqu'il s'éveilla une fois de plus, son expression avait changé.

— Comment va l'école de l'Élite ?

Il semblait attendre la réponse comme si sa vie en dépendait. Juliette chercha un mensonge de plus. Elle n'en trouva pas.

— L'école de l'Élite va très mal, Mathieu.

— À cause de qui ? Du traître, n'est-ce pas ? Des frères Estaffes ?

— Non. À cause de toi.

Juliette raconta ce qu'elle savait. Des dizaines de Prétendants avaient quitté l'école depuis son endormissement. Quelques-uns, d'après les rumeurs, avaient même été forcés par leurs parents à prononcer le Serment noir.

— Le Serment noir ? répéta Mathieu avec une colère soudaine. Des parents ont poussé leurs enfants à le prononcer ?

— Oui. Ils pensaient les protéger des frères Estaffes.

— C'est une folie. Ils vont détruire l'Arbre doré. Ils vont détruire l'Élite entière !

Pâle et immobile, Mathieu ferma les yeux. Juliette crut qu'il dormait à nouveau, mais il demanda à voix basse :

— Et Pierre ? Et Roméo ? Et Jurençon ? Ils sont restés dans l'école ?

— Pierre et Jurençon, oui. Je crois.

— Et Roméo ? Il n'a pas prononcé le Serment noir, au moins ?

— Je ne crois pas.

— Et malgré cela, l'école est encore ouverte ?

— Pour l'instant. Et tu ne devineras jamais grâce à qui.

Mathieu n'avait aucune envie de jouer aux devinettes. Il posa un regard pressant sur sa sœur, qui annonça, avec un léger sourire :

— Pour sauver l'école, la constitution des Élitiens a été révisée à la demande de Juliette d'Airain. Notre petite sœur est devenue la Prétendante élitienne la plus jeune de l'histoire de l'Élite.

Mathieu avait la bouche entrouverte. Il réussit à prononcer quelques mots sans la refermer, ce qui n'était pas un mince exploit :

– L'école… est… ouverte… aux filles ?
– Oui.
– C'est un scandale !

Sans rien ajouter, Mathieu retomba dans son fauteuil, profondément endormi.

Juliette d'Argent resta assise contre Bougetou, luttant à son tour contre le sommeil. Sa nuit avait été courte et mouvementée. Elle imaginait l'instant où M. et Mme Hidalf franchiraient les portes du manoir. Elle croyait deviner leurs paroles. Celles de sa mère, nerveuses : « Les volets de la chambre de Mathieu sont ouverts ! » M. Hidalf courrait dans l'escalier en hurlant : « Juliette, veux-tu rendre ton frère aveugle ? Pourquoi as-tu ouvert les volets de sa chambre ? » Elle irait à leur rencontre. Elle dirait simplement : « Silence, père. Mathieu a le sommeil léger, ces temps-ci. »

Juliette s'éveilla en sursaut. Elle s'était assoupie un moment malgré elle. Dehors, l'aube claire avait laissé place à une matinée sombre. Le ciel s'était voilé de nuages épais qui avaient obscurci la chambre à coucher. Le lit de Mathieu était vide. Le fauteuil qu'il avait occupé également.

Chapitre 11
La bataille de l'aube

Aux portes de la bibliothèque des Prétendants, deux Cœurs noirs montaient la garde. Ils avaient pour instruction de prévenir toute tentative de rébellion de la part des élèves et d'éviter une nouvelle émeute. Il n'était que huit heures du matin. Pourtant, à l'intérieur de la bibliothèque, pas un seul Prétendant ne dormait. Au-delà du labyrinthe de lits vides, devant les hautes fenêtres, des dizaines d'entre eux s'étaient réunis. Les quelques jeunes filles qui avaient fait leur entrée à l'école au cours des derniers mois étaient assises parmi eux.

Le peu d'espoir que Roméo Pompous avait ressenti la veille, pendant l'anniversaire du roi, s'était complètement évanoui. Dans le soleil levant, il observait la statue de la Foudre fantôme, mais il lui suffisait d'incliner la tête pour apercevoir la galerie des Chandelles, où les Élitiens et les parents étaient déjà rassemblés pour décider de la fermeture de l'école. Il croyait même reconnaître la silhouette de son père. Il n'avait aucun doute quant à ce qui l'attendrait lorsqu'il reviendrait chez lui.

Méphistos Pompous avait déjà évoqué, pendant certains dîners, les enfants qui avaient prononcé le Serment noir pour détruire définitivement leur arbre doré et échapper ainsi aux poursuites des frères Estaffes. Dans ces moments-là, Roméo observait sa mère qui semblait aussi effrayée que lui. Mais ni elle ni lui ne protestaient. Il était prêt à parier que son père exigerait qu'il détruise son arbre doré.

– Jamais je ne prononcerai le Serment noir, murmura Roméo.

De la buée recouvrit la vitre et masqua la silhouette gracieuse de la Foudre fantôme. À quelques pas, Jurençon était assis dans un fauteuil, la mâchoire serrée, l'air furieux, ses longs cheveux blonds en bataille. Roméo fut étonné de lui trouver cet air si sombre, qui lui donnait une allure tout à fait différente. En face de Jurençon, Pierre Chapelier avait les yeux presque brillants. Roméo savait que Pierre serait le plus affecté en cas d'une fermeture de l'école. Il croisa son regard et le vit avec étonnement se lever et le rejoindre à la fenêtre. Roméo et Pierre ne s'étaient jamais vraiment bien entendus ; Roméo trouvait Pierre trop sérieux, et imaginait que Pierre le trouvait trop oisif, prétentieux et insouciant. Pourtant, à cet instant précis, les deux garçons n'eurent besoin que de quelques mots pour se comprendre parfaitement.

– Tu as pensé à la tour Disparue ? chuchota Pierre.

La tour Disparue était un des lieux les plus secrets de l'école, dont seuls quelques rares élus connaissaient l'accès et l'emplacement.

– Oui, avoua Roméo. Nous pourrions nous y cacher pendant des mois sans que la direction nous trouve. Mais Tristan Boidoré sait comment s'y rendre.

– Tristan ne nous dénoncerait pas. En revanche, si nous fuyons dans la tour Disparue, il est très probable que la direction nous exclue définitivement et détruise notre arbre doré. Mais je crois qu'elle nous exclura de toute façon après ce qui est arrivé hier soir…

Roméo fit la moue, puis il demanda avec un sursaut d'énergie :

– À ton avis, qu'aurait fait Mathieu Hidalf à notre place ?

Pierre sourit vaguement en observant la statue de la Foudre fantôme.

– Il se serait fait exclure, évidemment…

– D'ailleurs, intervint Jurençon qui s'était approché derrière eux, je vous rappelle qu'il *s'est fait exclure.*

– Alors, je veux me faire exclure moi aussi ! décida Roméo.

Il avait encore le poing brandi en l'air lorsqu'un long silence s'abattit sur la bibliothèque. Roméo inclina la tête, stupéfait. Une flaque d'eau noire, poussiéreuse, glaciale, se répandait à partir des entrailles de la salle, coulant sous les lits et approchant des fenêtres.

– Qu'est-ce que c'est ? balbutia Roméo en faisant un pas en arrière.

Comme lui, plusieurs Prétendants eurent le réflexe de reculer. Les jeunes filles se levèrent avec un froncement de sourcils. L'immense flaque s'étendait à chaque seconde. Quelques nymphettes effrayées s'envolèrent dans un jet de lumière et se perchèrent à l'abri.

– Comment est-il possible que…

Octave Jurençon se tut au milieu de la phrase qu'il avait commencée. Ses yeux bleus pétillaient.

– J'ai déjà vu une telle chose ! s'écria-t-il. Je n'ose pas y croire !

Jurençon s'élança dans l'eau noire, qui atteignait déjà ses chevilles. Pierre le rattrapa bientôt. Les deux garçons écartaient les rideaux des lits, n'hésitant pas à sauter sur les matelas et à bondir dans la flaque de plus en plus profonde. Ils ralentirent en arrivant au cœur de la forêt de lits, là où leur nombre était le plus impressionnant. Autour d'eux, le silence n'était troublé que par le clapotement de leurs pas dans la flaque. Ils marchèrent épaule contre épaule. Ils entendirent Roméo leur crier : « Où êtes-vous ? » Ils étaient parvenus à un espace qui formait comme une petite clairière. Au milieu, un lit méconnaissable ruisselait. On aurait dit une sorte d'épave. L'eau noire sortait à flots de son matelas et de ses rideaux. Le lit était dans un état si lamentable qu'on ne pouvait identifier sa couleur. Des algues emprisonnaient trois de ses pieds ; le quatrième manquait. Jurençon et Pierre n'osaient plus avancer. « Où êtes-vous ? » râla Roméo, plus proche.

– C'est impossible, bredouilla Pierre, toujours figé. *Impossible*.

– Par ici, Roméo ! lança Jurençon.

Les bruits de pas du Prétendant se rapprochèrent ; Roméo apparut à son tour. Il ouvrit la bouche pour poser une question et la garda ouverte plusieurs secondes à la vue du lit, qu'il aurait reconnu entre mille.

Sur le sommier, le nom du propriétaire était encore parfaitement lisible malgré les mois qu'il avait passés sous l'eau. L'inscription scintillait même dans l'obscurité. Roméo la déchiffra à voix basse :

PROPRIÉTÉ DE MATHIEU HIDALF

— Je le savais, murmura Jurençon en serrant les poings. Je savais qu'il ne dormirait pas pendant sept ans ! Je savais qu'il reviendrait.

En quelques secondes, une foule de Prétendants muets se constitua autour du lit. Roméo referma la bouche sans prononcer un mot. Il sentait la même audace qui l'avait saisi pendant l'anniversaire du roi courir dans ses veines. Son regard glissa instinctivement sur le gros réveil, posé sur la table de chevet d'Octave Jurençon. C'était le fameux réveil *À quoi rêve Mathieu Hidalf ?* Par hasard ou non, l'aiguille était bloquée entre deux inscriptions, comme si Mathieu, à cette heure précise, ne rêvait à rien.

— Je parie qu'il va faire son retour dans la galerie des Chandelles, devant la noblesse et les Élitiens, déclara-t-il. Et s'il y a une chose que je ne veux pas, c'est que Mathieu Hidalf croie que je me tournais les pouces dans la bibliothèque pendant que nos parents décidaient de la fermeture de l'école ! C'est à nous d'empêcher sa fermeture. Pas à lui.

Tous relevèrent la tête en entendant la double porte de la bibliothèque s'ouvrir au loin.

— Les Cœurs noirs, chuchota Pierre. L'eau a dû se répandre sous les portes… Ils ne doivent pas savoir que le lit de Mathieu est de retour, vous m'entendez ?

*

Guidés par Pierre Chapelier, les Prétendants se mirent en ordre de marche. Aux portes, ils tombèrent nez à nez avec les Cœurs noirs chargés de leur surveillance. Les deux gardiens avaient l'air menaçant. Il faut dire qu'ils n'étaient peut-être pas habitués à paraître aimables puisque, avant que le traître ne sévisse encapuchonné dans l'école, ils étaient tous masqués par un ample capuchon.

– D'où vient cette fuite d'eau ? interrogea l'un d'eux.

– J'ai renversé ma tasse de thé, prétendit Roméo dans la foule.

Quelques rires nerveux fusèrent. Le Cœur noir fit un pas vers Roméo pour lui apprendre les bonnes manières, mais son attention fut attirée par un scintillement, dans la galerie du troisième étage.

Depuis des mois, des centaines de nymphettes se tenaient perchées sous les plafonds de l'école, immobiles, sans produire de lumière. Mais à la moindre infraction au règlement, elles battaient des ailes, pour signaler l'incident. On connaissait cette procédure sous le nom de « fil d'or » ; sa finalité était d'empêcher le traître de frapper dans l'école. Et, pour la première fois depuis la mort de la Foudre fantôme, le fil d'or venait de se déclencher.

Une de ces nymphettes s'était illuminée, mobilisant l'attention du Cœur noir. En cinq secondes, cinq autres nymphettes brillèrent, de chaque côté de la première, soit dix nouvelles nymphettes. Dix secondes plus tard, un fil d'or clignotait à travers toute l'école.

Les deux Cœurs noirs détournèrent tout de suite leur regard des Prétendants et portèrent la main à leur épée. Un murmure se répandait maintenant sous la voûte. Les nymphettes connaissaient la procédure en cas d'incident : communiquer le plus précisément possible pour permettre aux Élitiens d'intervenir. Dans toute l'école, chacune chuchotait quelques mots à sa voisine. Quelques mots qui répondaient à trois questions : « Où ? Qui ? Quoi ? » Bientôt, chaque nymphette répéta avec le calme souverain d'une horloge : « Galerie du troisième étage. Un Prétendant. Porte son capuchon. »

Pierre, Roméo et Jurençon eurent besoin d'un instant pour comprendre ce qu'ils avaient entendu. Il était formellement interdit de porter son capuchon dans l'enceinte de l'école. Tout le monde le savait, et personne n'aurait osé provoquer le déploiement du fil d'or en enfreignant le règlement, de peur d'une exclusion immédiate. Tous le savaient… hormis Mathieu Hidalf.

Apparut alors au bout de la galerie une silhouette noire, celle d'un enfant, dont le visage se trouvait dissimulé par le capuchon de sa luide. Pierre sentit un tremblement courir depuis ses épaules jusqu'aux extrémités de ses doigts. Les Cœurs noirs, eux aussi, étaient restés une seconde immobiles. Mais il ne leur faudrait qu'un instant pour revenir à eux et se lancer à la poursuite de l'élève masqué.

– C'est lui ? chuchota Roméo.

– Je suis prêt à parier que oui, confirma Pierre. Et il faut qu'il atteigne la galerie des Chandelles avant que la noblesse n'obtienne la fermeture de l'école. Seul Mathieu peut convaincre la noblesse de changer d'avis.

Alors, d'une main ferme, il attrapa le capuchon de sa luide et s'en couvrit le visage.

– Tu as raison, Roméo. Moi aussi, je veux être exclu !

Puis il s'élança dans la galerie du troisième étage. Sa réaction provoqua le réveil des Cœurs noirs, qui lui intimèrent haut et fort l'ordre de s'arrêter et coururent à sa poursuite. Roméo Pompous sourit.

– J'ai toujours rêvé de passer une minute dans la peau de Mathieu Hidalf, avoua-t-il à Jurençon.

– Moi aussi ! bredouilla le neveu du roi.

Tous deux rabattirent leur capuchon d'un geste vif et se précipitèrent derrière Pierre. En un instant, aussi vite que le fil d'or s'était déclenché, des dizaines de Prétendants mirent leur capuchon et s'élancèrent dans les allées de l'école, animés par un seul but : semer la confusion pour permettre à Mathieu Hidalf d'atteindre la galerie des Chandelles.

Les deux Cœurs noirs furent débordés comme une pierre qu'on aurait destinée à retenir un torrent. Ils arrêtèrent bien trois ou quatre Prétendants ; mais celui qui avait été à l'origine de la révolte était déjà loin, tandis que les nymphettes du fil d'or s'épuisaient à battre des ailes.

*

Les portes de la galerie des Chandelles venaient de s'ouvrir. Par les fenêtres, les parents observaient l'école clignoter dans l'aube. Certains redoutaient une attaque des frères Estaffes. D'autres se levaient en silence, dévisageant les Élitiens. Quand Louis Serra atteignit les portes, prêt à tirer l'épée de son fourreau, les nymphettes du fil d'or chuchotaient sous la voûte : « Dans toute l'école. Des centaines de Prétendants. Portent leur capuchon. »

La comtesse Dacourt, qui avait rejoint le capitaine, murmura à son oreille :

– Je m'occupe d'eux.

Et les portes de la galerie des Chandelles se refermèrent dans un claquement.

*

Les Cœurs noirs se multipliaient à présent dans les allées, éblouis par le clignotement des nymphettes et tâchant de rétablir l'ordre. Mais les Prétendants étaient bien plus nombreux et, chaque fois que l'un d'eux était arrêté, trois autres continuaient leur course folle en direction de la galerie des Chandelles.

Roméo Pompous, depuis qu'il avait fait un pas hors de la bibliothèque, n'avait pas quitté Mathieu Hidalf des yeux. Il se frayait un chemin dans la foule, bien décidé à le rattraper. D'ailleurs, Mathieu courait beaucoup moins vite que lui.

Roméo fut à peine surpris lorsqu'il entendit, dans le vacarme de la cavalcade, un miaulement assourdissant. Il aperçut bientôt une tache lumineuse qui filait entre les jambes des élèves. Il reconnut immédiatement le chat doré qui lui avait appartenu avant de lui préférer la famille Hidalf. Le félin était chaussé aux pattes arrière d'une paire de bottes de sept lieues, qui en faisaient la créature la plus véloce du royaume. Il prenait un malin plaisir à courir entre ses deux maîtres, et à sortir les griffes dès qu'ils croisaient un adversaire.

Celui qui devait être Mathieu Hidalf s'engouffra dans un petit escalier pour échapper à une rangée de Cœurs noirs. Roméo se jeta derrière lui, sentant son cœur battre à tout rompre.

– Mathieu ! lança-t-il, profitant de leur isolement momentané. C'est moi ! Roméo !

Sa voix résonna en écho sous la voûte. L'enfant qui courait devant lui parut hésiter à s'arrêter, avant de reprendre sa course de plus belle. Roméo voyait l'ombre du garçon se rapprocher à chaque clignotement des nymphettes. Il pourrait bientôt le rejoindre et le toucher. Il atteignait les dernières marches de l'escalier lorsqu'il repéra deux ombres supplémentaires.

– Mathieu ! hurla-t-il. Des Cœurs noirs !

Deux gardiens s'apprêtaient à mettre la main sur Mathieu Hidalf. Roméo vit son ami essayer de se faufiler entre leurs bras. Ils se refermèrent sur lui violemment, et l'un des Cœurs noirs agrippa son capuchon et l'abaissa. Pendant une fraction de seconde, Roméo resta figé. Il reconnut Mathieu pour de bon ; son visage était affreusement pâle, mais c'était bien lui, avec ces lèvres fines, ce regard sombre, ces cheveux en bataille.

– Griffrigor ! ordonna Roméo. Sauve-le !

Un miaulement retentit et une boule de poils dorée bondit sur la main du Cœur noir qui retenait Mathieu Hidalf. Toutes griffes dehors, le chat permit à Mathieu de reprendre sa course. Les nymphettes elles-mêmes avaient eu le temps de l'identifier. Stupéfaites, elles avaient cessé de battre des ailes pendant un moment, provoquant la confusion chez les Cœurs noirs. Roméo en profita pour se jeter sur les deux soldats ; il fut plaqué au sol. Relevant la tête, il vit l'ombre de Mathieu échapper aux gardiens puis s'engouffrer dans un nouvel escalier, au moment précis où les nymphettes clignotaient à nouveau. Roméo lança à un groupe de Prétendants :

— Il vient de prendre cet escalier ! Protégez-le !

Un miaulement lui répondit, et Griffrigor prit les devants de la troupe, se lançant dans l'escalier à la suite de Mathieu, non sans avoir gobé une nymphette, qu'il recracha bientôt avec dégoût : ce chat exceptionnel détestait la nourriture sauvage.

*

Mathieu Hidalf avait hésité un instant à porter secours à Roméo, avant de poursuivre sa course vers la galerie des Chandelles. Il se doutait maintenant que les Cœurs noirs avaient reçu pour mission de les empêcher de faire entrave à la fermeture de l'école, ordonnée par la noblesse. Et il empruntait les chemins les plus compliqués qu'il avait en mémoire, persuadé que les Cœurs noirs bloqueraient les accès les plus fréquentés. Son cœur battait à tout rompre ; son arbre brûlait sa poitrine ; ses paupières étaient lourdes de sommeil. Pourtant, Mathieu Hidalf n'avait jamais été si déterminé. Il avait lu la presse du royaume : la fermeture de l'école était peut-être déjà votée. Et il devait intervenir, au moins se montrer, avant que la noblesse prenne congé des Élitiens.

Il traversa une longue galerie. De grandes arches, dominant les tours du royaume, laissaient entrer la lumière du soleil. En contrebas, Mathieu apercevait la galerie des Chandelles. Plus qu'un virage, suivi d'un escalier, et il y accéderait.

Il prenait le virage, lorsqu'il repéra un Cœur noir isolé, qui s'élança derrière lui. Mathieu savait qu'il n'avait aucune chance de le battre à la course, et surtout pas après neuf mois de sommeil. Il cherchait une issue, aveuglé par les nymphettes du fil d'or, quand un Prétendant masqué surgit devant lui. Mathieu aurait juré qu'il s'était déplacé à la vitesse de l'éclair. Le Prétendant lui fit signe de fuir. Il émanait de lui quelque chose d'incroyable. Quelque chose de rassurant. L'élève se tourna vers le Cœur noir, et Mathieu, bouche bée, vit l'arbre du Prétendant s'illuminer de mille feux. Le Cœur noir eut à peine le temps de crier avant de s'évanouir.

Mathieu en resta un moment figé. Il devinait qu'il venait d'assister à un combat d'arbres. Dans ces redoutables duels, deux porteurs d'arbre s'affrontaient jusqu'à ce que l'arbre de l'un éteigne celui de l'autre. Théoriquement, un simple Prétendant n'avait aucune chance de vaincre un Cœur noir. C'est pourtant ce que venait d'accomplir l'un d'eux.

Une dizaine d'élèves masqués les rejoignirent. Dans le désordre, Mathieu perdit de vue son sauveur. Il tressaillit en entendant la voix d'une jeune fille, cachée sous un des capuchons :

– Mathieu Hidalf est-il parmi vous ?

– C'est moi.

Le silence se fit. Tous essayaient d'apercevoir son visage sous son capuchon.

– Bien, dit la jeune fille. L'école va fermer d'un instant à l'autre. Nous allons te faire rentrer dans la galerie des Chandelles. *Tu* as provoqué ce désastre. *Tu* dois l'arrêter. Suis-nous.

Les dix Prétendants entourèrent Mathieu, pour prévenir toute intervention des Cœurs noirs. Au-dessus d'eux, les nymphettes du fil d'or continuaient de clignoter. Mathieu reprenait son souffle, essayant de deviner l'identité des élèves qui formaient sa garde rapprochée. Il ne restait qu'un seul escalier à descendre pour accéder à la galerie des Chandelles. Les Prétendants dévalaient les marches lorsque la jeune fille à leur tête s'arrêta net.

Une rangée de Cœurs noirs gardait l'entrée de la galerie. Derrière eux se tenait Armance Dacourt. À sa vue, plus qu'à celle des gardiens, les Prétendants s'immobilisèrent. Seul Griffrigor, tranquillement assis sur une marche, osa défier la comtesse d'un feulement assourdissant. Il est vrai que la directrice avait promis une forte récompense à celui qui mettrait la main sur le fameux chat botté, mort ou vif. Or Griffrigor n'avait pas pour unique trait de caractère sa prétention ; il était également très susceptible.

— Occupez-vous des Cœurs noirs, chuchota Mathieu. Je me charge d'Armance Dacourt.

La comtesse fit un pas dans leur direction.

— Derrière cette porte, expliqua-t-elle, les Élitiens font tout pour sauver votre arbre doré. Et que faites-vous ? Vous ridiculisez les Cœurs noirs et le fil d'or en présence de toute la noblesse. Vous voulez être exclus ? Bravo. Vous avez réussi. Retirez immédiatement vos capuchons. Tous.

Mathieu sentit les Prétendants qui l'entouraient s'écarter de lui, comme attirés, d'un côté, par la rampe de l'escalier et, de l'autre, par le mur. L'un après l'autre, ils retirèrent leur capuchon, sans baisser pour autant les yeux. Parmi eux, Mathieu reconnut Pierre. Octave Jurençon laissa apparaître ses longs cheveux blonds et son visage plus gracieux et plus allongé que dans le souvenir de Mathieu. La jeune fille qui lui avait parlé se dévoila également, révélant des joues constellées de taches de rousseur.

Seul Mathieu, au milieu d'eux, restait masqué.

Il sentit son cœur battre à tout rompre sous son arbre doré.

– Retirez immédiatement votre capuchon ! hurla la comtesse Dacourt à son intention.

– Non.

À ce seul mot, Armance Dacourt sentit sa nuque se raidir. Ce n'était pas la voix qu'elle avait reconnue ; elle avait changé. C'était le ton. Jamais elle ne l'oublierait. Son regard se posa sur l'arbre scintillant du Prétendant. Elle ne pouvait croire ce qu'elle voyait : un arbre lumineux, saturé d'une lumière incroyablement dorée.

– Écartez-vous, ordonna-t-elle aux Cœurs noirs.

Il y eut un instant de confusion. Les gardiens, étonnés, se tournèrent vers Armance Dacourt, mais obéirent. Alors Mathieu descendit l'escalier et s'arrêta devant la comtesse. Elle était méconnaissable.

– Mathieu Hidalf ? C'est vous ?

Un calme impressionnant s'abattit à l'entrée de la galerie, alors que dans le reste de l'école Prétendants et Cœurs noirs se livraient encore une bataille sans merci.

– C'est moi, madame la comtesse. Je dois voir le capitaine Louis Serra.

Armance Dacourt eut besoin d'un moment pour reprendre ses esprits. Mathieu eut l'impression qu'elle résistait à la tentation de le prendre dans ses bras. Elle s'approcha finalement des portes et s'appuya sur l'une d'elles de tout son poids. Mathieu tourna la tête vers les Prétendants qui envahissaient les marches de l'escalier. Il remarqua que les nymphettes avaient cessé de battre des ailes. Les Cœurs noirs eux-mêmes observaient son capuchon avec stupéfaction. Il rejoignit la directrice, qui avait entrouvert une des lourdes portes, et murmura :

– Madame la comtesse… est-ce que mes parents sont là ?

Armance Dacourt fut saisie d'un frisson. Pour la première fois, elle posa maladroitement une main sur l'épaule de Mathieu.

– Vous voulez dire… que vos parents ne sont pas encore au courant… de votre réveil ?

– Non.

– Ils ne sont pas là. Je vais faire réunir votre famille, Mathieu Hidalf. Courage.

Et elle ajouta d'une voix si basse que seul Mathieu l'entendit :

– Sauvez l'école…

*

Mathieu se faufila dans l'entrebâillement. La galerie, éclairée par des lanternes, se découpait en deux rangées de tables que séparait une longue allée. Un silence impressionnant régnait sur la salle pourtant bondée. Aux premières tables étaient assis des dizaines de parents contrariés. La plupart portaient encore leur habit de cérémonie de la veille.

Au bout de l'allée, Louis Serra avait relevé les yeux en direction des portes. Le capitaine était entouré de Julius Maxima et de Robin Tilleul. Derrière eux, on devinait la présence de l'ensemble des Élitiens.

– Que fait ce Prétendant ici ? demanda une voix bourrue et familière.

Méphistos Pompous s'était redressé sur sa chaise, plein de dédain, écrasant son épouse sous son ombre. Mathieu sentit son arbre crépiter légèrement. Il sortit de sa luide un objet métallique qu'il leur présenta. C'était un gros réveil doré. Quelques murmures se firent entendre.

– Savez-vous à quoi rêve Mathieu Hidalf, à cette heure précise ? demanda-t-il.

– Qu'est-ce que c'est que ces sornettes ? gronda Méphistos Pompous.

Mathieu se contenta de lâcher le réveil, qui explosa par terre.

– Mathieu Hidalf rêve que la noblesse du royaume ne se serve pas de son sommeil pour fermer l'école de l'Élite, dit-il d'une voix rauque.

– Et que savez-vous des rêves de ce garçon ? lança une mère de famille.

En guise de réponse, Mathieu leva sa main droite, pâle, presque translucide dans le soleil levant et baissa son capuchon. Profitant de la stupéfaction générale, il lança d'une voix ferme :

— Moi, Mathieu Hidalf, je m'oppose à la fermeture de l'école de l'Élite. Moi, les Prétendants et les Apprentis, nous nous y opposons tous. Nous ne quitterons pas les rangs de l'Élite. Et nous résisterons autant que nécessaire.

Il respira profondément, ayant soudain à lutter contre une envie pressante de s'endormir. Il croisa au loin le regard de Louis Serra. Il sut immédiatement que l'Élitien n'était pas à l'origine de la renaissance de son arbre doré. Au contraire, il aurait juré que le capitaine était plus inquiet que soulagé. Il le vit multiplier les paroles à l'oreille de Julius Maxima et de Robin Tilleul.

Peu à peu, la stupeur qui avait paralysé l'assemblée des parents se dissipa. Un par un, ils se redressèrent, comme si eux-mêmes avaient été tirés d'un long sommeil.

— C'est bien lui, n'est-ce pas ? chuchota une mère de famille.

— Et son arbre doré n'est pas détruit, reprit un père, en levant l'index vers le cœur de Mathieu.

— Mon fils m'a pourtant juré qu'il avait vu l'arbre de Mathieu Hidalf brûler, ajouta un autre.

Les parents se tournaient les uns vers les autres.

Ils discutaient. Leur expression furieuse avait laissé la place à celle d'une surprise sincère. Mathieu comprit qu'il n'aurait pas à se lancer dans un discours pour sauver l'école. Il en fut presque déçu. Pour une fois, il aurait pu administrer une belle leçon de morale à tout le monde. Mais c'était inutile. Personne n'attendait qu'il prenne la parole : curieusement, son sommeil avait été à l'origine du combat que les parents avaient engagé contre les Élitiens. Et plus curieusement encore, son réveil leur donnait l'impression qu'ils avaient eu tort. M. Pompous lui-même considérait maintenant Mathieu à la fois avec stupeur et soulagement ; il ne comprenait plus rien à rien. Quant à Mme Pompous, elle fut la première à se lever et à courir jusqu'à lui.

– Mathieu, dit-elle d'une voix émue, en lui prenant les mains, avez-vous vu votre mère ? Sait-elle que vous êtes réveillé ?

Mathieu fut désagréablement surpris par le ton d'Anna Pompous. Comme lorsque la comtesse lui avait posé cette question, il fut saisi d'un mauvais pressentiment : Juliette d'Argent ne lui avait pas dit la vérité à propos de l'état de sa famille.

Méphistos Pompous n'essayait même pas de retenir les parents qui s'en allaient de la galerie. Quant aux Élitiens, ils formaient un horizon noir, traversé par des éclats dorés. Mathieu était sûr qu'ils observaient tous l'arbre cousu sur son cœur. Julius Maxima se fraya vers lui un chemin entre les parents. Il lui pressa légèrement le bras et l'entraîna à l'écart de la foule.

— Mathieu Hidalf... est-ce vous ?
— Qui voulez-vous que ce soit ?
— Je veux dire, *est-ce vous* qui avez réussi à faire renaître votre arbre doré ?

L'inquiétude de l'Élitien était palpable. Il y avait une urgence inhabituelle au fond de sa voix grave.

— Non...

Julius Maxima se contenta de pousser Mathieu vers la sortie.

— Rejoignez la bibliothèque. Ne la quittez pas jusqu'à la visite du Dr Soupont. N'adressez la parole à aucun autre Élitien que Robin Tilleul, Louis Serra ou moi-même. Ne vous fiez à aucune nymphette. Aucune, vous m'entendez ?

Mathieu quitta la galerie des Chandelles le plus discrètement possible, s'éloignant des parents à grands pas. Il n'avait aucune envie d'expliquer pourquoi il s'était endormi et comment il s'était réveillé. Il s'engagea dans l'escalier vide qui, un moment plus tôt, avait été occupé par les Prétendants. Au sommet, il aperçut la comtesse Dacourt. Son regard était sombre. Tout au fond de son regard grave brillait un éclat chaleureux. Elle l'avait attendu là.

— La prochaine fois que vous oserez me répondre comme vous l'avez fait tout à l'heure devant vos camarades, Mathieu Hidalf, je vous ferai regretter votre réveil.

— Est-ce que c'est une manière de me dire que vous ne me tiendrez pas rigueur de mon dossier anti-Armance Dacourt ?

Contre toute attente, la comtesse sourit faiblement en le dévisageant.

— Vous êtes très pâle, dit-elle.

— Ne croyez pas que c'est à cause de l'émotion, se défendit Mathieu. Je n'ai pas vu le soleil depuis neuf mois… N'importe qui serait pâle à ma place.

Il dévisagea à son tour la directrice, et ajouta en fronçant les sourcils :

— En revanche, si je peux me permettre, vous êtes très pâle également, madame la comtesse.

— Oui…, bredouilla-t-elle. Je dois dire que nous avons eu mauvais… mauvais temps ces derniers… mois. Rejoignez la bibliothèque, Mathieu.

Il s'éloigna d'un pas rapide. À son passage, les nymphettes du fil d'or tournaient la tête sans un mot. L'école était redevenue parfaitement calme.

*

Arrivé à la bibliothèque des Prétendants, Mathieu vit d'abord la forêt de lits. Il crut la salle déserte. Puis des dizaines d'élèves se montrèrent dans les allées obscures : des Prétendants, des Apprentis et des jeunes filles qui s'étaient mêlées à la lutte contre les Cœurs noirs. Mathieu Hidalf n'avait jamais eu si peur devant une foule. Comment aurait-il réagi si Pierre s'était endormi pendant des mois, sans même lui en parler ? Il ne le lui aurait jamais pardonné. Qu'aurait-il fait si le responsable du désordre qui avait régné pendant des mois sur l'école s'était tenu devant lui ? Il préférait ne pas y penser.

Il rencontra le regard de Roméo, puis celui d'une dizaine d'autres élèves qu'il avait croisés tous les jours sans les connaître. Il sentit qu'il fallait dire quelque chose. Il s'entendit parler comme si un autre prononçait les mots à sa place.

— Je n'ai jamais voulu que l'école ferme. Je suppose que c'est une manière… de vous présenter… mes excuses. Mais je crois à présent que l'école va rouvrir.

Les Prétendants commencèrent à chuchoter, et Mathieu se rendit compte qu'aucun ne l'avait écouté, pas même Pierre. Une agitation incroyable, démesurée, indomptable s'empara d'eux.

— Son arbre… Regardez son arbre !
— Mathieu Hidalf a un nouvel arbre doré !
— C'est impossible. Aucun arbre ne peut renaître de ses cendres !
— Il n'a pas grandi ! commenta pour sa part

Roméo Pompous, beaucoup plus pragmatique, en le montrant du doigt d'un air narquois.

Mathieu soupira ; il était satisfait de constater que, même si beaucoup de choses avaient changé, Roméo, lui, était resté parfaitement le même : un imbécile. Pourtant, Mathieu n'aurait jamais cru qu'il puisse être si heureux de revoir Roméo. Il n'aurait jamais cru qu'il puisse être si heureux de revoir ces centaines de lits vides, assemblés les uns contre les autres comme des livres sur une étagère. Pierre considérait lui aussi l'arbre étincelant cousu sur son cœur. L'excitation, loin de retomber, ne faisait que s'accroître à chaque seconde, comme si le nouvel arbre de Mathieu avait fait renaître l'Arbre doré lui-même.

Il avança vers les Prétendants, la tête inclinée vers le sol. Non pas parce qu'il était intimidé, mais à cause des fées qui survolaient la bibliothèque dans une farandole de lumière. Soudain, une ombre minuscule se dessina à côté de la sienne. Mathieu n'en crut pas ses yeux : sa petite sœur, Juliette d'Airain, portait une luide. Un arbre doré illuminait son cœur.

Curieusement, Mathieu trouva qu'elle avait à peine grandi, en neuf mois. Au contraire, au milieu des Prétendants, la fillette semblait avoir étrangement rapetissé. Elle serra sa main de toutes ses forces et déclara fièrement :

— Je te l'avais bien dit !

— Quoi ? demanda-t-il, étonné.

— Mais que je deviendrais Prétendante élitienne, voyons ! J'ai réussi à rendre l'école de l'Élite accessible à tous, garçons et filles, quels que soient leur âge et leur parenté. Un jour, j'espère même la rendre *obligatoire*. Regarde, cette victoire sur la direction m'a valu un second Exploit ! Je suis, à ce jour, le *seul et unique* membre de l'école de l'Élite à en posséder deux. Même Louis Serra n'en a reçu qu'un seul.

Mathieu loucha sur l'arbre de sa petite sœur. Un Exploit était la plus haute distinction de l'école de l'Élite, signalé par une branche rouge sur l'arbre de celui qui l'accomplissait. Lui-même en avait reçu un par le passé. Sur la luide de Juliette d'Airain, deux branches comme taillées dans un rubis scintillaient.

Mathieu suivit sa sœur à travers la flaque d'eau noire. La petite Juliette s'arrêta devant un lit qu'il reconnut à peine. Le sien.

Mathieu posa la main sur le montant de bois. Malgré l'état désastreux du sommier, un sourire éclaira son visage.

— Je n'aimerais pas être à ta place, fit remarquer Pierre, qui venait d'apparaître à côté de lui. La faiseuse de lits déteste qu'on abîme son matériel…

— D'un autre côté, ajouta Jurençon, qui apparut

dans une allée voisine, elle peut être fière d'elle ! Quel lit remarquable ! Il fonctionne encore après neuf mois passés au fond du lac des Bannis…

Mathieu observa Jurençon du coin de l'œil ; ses traits s'étaient véritablement affinés sous ses longs cheveux blonds, lui donnant un air presque dur. Il poussa un long bâillement. Un sommeil terrible le prenait. Sans même réfléchir, il se laissa tomber sur le matelas trempé et ferma les yeux. Il s'endormit là, dans le froid de l'eau du lac des Bannis.

– Je ne comprends rien à rien, commenta Roméo en surgissant à son tour. Il a dormi pendant plus de deux cents jours, n'est-ce pas ? Comment peut-il avoir encore sommeil ?

Et, se tournant vers le réveil d'Octave Jurençon, il ricana :

– Regardez ! Il rêve de Marie-Marie du Château Boisé !

Chapitre 12
Un dîner entre Hidalf

Lorsque Mathieu s'éveilla, il suffoqua comme un plongeur refaisant surface. Tout lui semblait confus.

– Combien de temps ai-je dormi ? Quel âge j'ai ? lança-t-il.

Il entendit un murmure autour de lui :

– Nous sommes le dixième jour du mois des Rois, Mathieu Hidalf. Vous avez douze ans. Vous vous êtes réveillé ce matin après neuf mois de sommeil. Vous avez fait votre retour dans l'école de l'Élite. Ne vous inquiétez pas. Vous continuerez d'être troublé après chaque sommeil pendant quelque temps encore, c'est une chose tout à fait ordinaire.

Mathieu ferma les yeux, rassuré. Peu à peu, les souvenirs de la course-poursuite avec les Cœurs noirs affluaient à sa mémoire. Il reconnut même la voix du Dr Soupont et, sous ses doigts, le contact d'un matelas imbibé d'eau lui rappela qu'il dormait dans son lit de Prétendant élitien.

— Nous sommes très satisfaits, Mathieu Hidalf, annonça le Dr Soupont. Après un si long sommeil, un état de confusion était à prévoir, des troubles de la mémoire probables, des séquelles graves possibles. Or, il semble que vous ayez été réveillé dans les meilleures conditions par votre sœur et que vous ne souffriez d'aucun trouble.

— Je suis épuisé.

— C'est tout à fait normal. À vrai dire, vous auriez dû dormir tout l'après-midi. Toute la journée. Peut-être toute la nuit à venir.

Mathieu ouvrit les yeux. Il aperçut, au-dessus de lui, un lustre de la bibliothèque où une petite nymphette l'observait avec curiosité. Puis, en tournant la tête, il tomba nez à nez avec le Dr Gustave Soupont, un homme à la tête chenue, portant de petites lunettes rondes. Ses sourcils blanchis se froncèrent. À côté du docteur, la comtesse Dacourt se tenait légèrement en retrait.

— Mon arbre, chuchota Mathieu, savez-vous pourquoi il s'est réveillé, docteur ?

Gustave Soupont sembla embarrassé. Son front se plissa légèrement. Il se tourna vers la comtesse, pour qu'elle lui vienne en aide.

— Nous ne le savons pas encore, Mathieu. Votre réveil est un mystère, dit-elle.

— À vrai dire, Mathieu Hidalf, vous êtes la seule victime connue d'un si long sortilège de sommeil, reprit Soupont, comme s'il souhaitait changer de sujet. Et je dois vous avertir que des effets secondaires, plus ou moins indésirables, sont à redouter.

Mathieu se redressa sur son lit. Le soleil était bas, dans le ciel, et le crépuscule menaçait de recouvrir déjà l'école de l'Élite.

— Quel genre d'effets secondaires ? Ne me dites pas que je ne grandirai plus jamais ? Que ma croissance est interrompue ? Que j'aurai sommeil toute ma vie ?

Le docteur tapota sa main d'un air apaisant.

— C'est tout le contraire, mon garçon. Vous devez vous attendre à une poussée de croissance spectaculaire dans les semaines à venir. Et il est probable, très probable même, que vos cycles de sommeil soient bouleversés. Des insomnies fréquentes sont à craindre. Il est possible que vous ayez besoin de très peu de sommeil prochainement, un peu à la manière d'un Helios, qui ne dort que trois ou quatre heures par jour, à tout moment de la journée.

Mathieu réagit à peine mais, tout bien considéré, cet effet secondaire pourrait bien devenir un avantage. Le Dr Soupont se redressa alors et Mathieu quitta son lit en posant les deux pieds dans la flaque qui recouvrait le sol.

La comtesse passa devant le docteur, comme pour signifier qu'elle prenait en main la suite des opérations. Mathieu avait l'impression que le masque indéchiffrable, poli et souriant qu'elle arborait toujours était tombé.

– Votre père, votre mère et vos sœurs vous recevront pour dîner ce soir, dans votre appartement du château du roi, Mathieu, annonça-t-elle. Juliette d'Airain et l'Élitien Julius Maxima vous attendent hors de la bibliothèque, pour vous y accompagner.

Mathieu blêmit. Il imaginait déjà le silence terrifiant qui régnerait à table. Un silence qui serait sans doute comparable à celui qui avait frappé le manoir Hidalf le jour où il avait endormi toute sa famille.

– Est-ce que Julius Maxima pourra rester dîner… pour me protéger de mes sœurs et de mon père ?

– Hélas ! j'ai peur que non, indiqua la comtesse. Julius Maxima lui-même ne se sent pas assez expérimenté pour assurer la protection de six Hidalf les uns contre les autres. Il restera à la porte de l'appartement.

Et la directrice leva les yeux, d'un air soudain distrait, vers les hautes fenêtres. Quelques flocons de neige dégringolaient du ciel.

– Le froid est venu vite, cette année, dit-elle.

Le froid était en effet si vif que la flaque d'eau noire répandue autour du lit menaçait de geler d'un moment à l'autre.

— J'ai l'impression d'être allé d'un hiver à l'autre, avoua Mathieu, en observant à son tour les flocons légers. L'impression étrange de n'avoir dormi qu'une nuit... Si peu de choses semblent avoir changé.

Dans l'une des hautes fenêtres, Mathieu voyait se refléter sa silhouette et celle d'Armance Dacourt, côte à côte. Leurs deux arbres brillaient comme deux nymphettes.

— Ce n'est qu'une impression, Mathieu, rectifia la comtesse. Énormément de choses ont changé. Les Prétendants ont enfreint dix fois la constitution des Élitiens. Mais toujours pour tenter de sauver l'école. Les jeunes filles ont enfin obtenu le droit d'y accéder, grâce à votre sœur... Savez-vous que sans elle aucun nouveau Prétendant n'aurait fait sa rentrée cette année, pour la première fois depuis la création de l'école ?

— Vous savez ce que je veux dire, répondit Mathieu avec amertume, tandis qu'un vol de nymphettes traversait la nuit enneigée. Des choses ont changé, oui, mais les frères Estaffes et le traître n'ont pas frappé pendant toute la durée de mon sommeil...

Armance Dacourt parut soucieuse.

— Vous croyez qu'ils n'ont pas frappé ?

Elle marqua un temps d'arrêt avant de reprendre :

– Louis Serra a modifié la constitution pour limiter les pouvoirs des Élitiens tant que le traître sera parmi eux. Le traître, justement, a été aperçu à plusieurs reprises. À chaque fois, les Cœurs noirs ont réussi à l'empêcher de frapper. Il a voulu détruire le fil d'or. Louis Serra l'avait devancé, en libérant les nymphettes élitiennes d'une partie de l'obéissance qu'elles doivent aux Élitiens.

À chaque mot de la comtesse, son ton devenait un peu plus grave.

– Quant aux frères Estaffes, ils ont attaqué plusieurs familles qui ont retiré leurs enfants de l'école… Vous pensez vraiment que des Prétendants auraient accepté de prononcer le Serment noir, forcés par leurs parents ?

Mathieu fut traversé d'un long frisson.

– Que voulez-vous dire ?

– Je veux dire que quatorze enfants ont prononcé le Serment noir. Non pas forcés par leurs parents, mais parce que les frères Estaffes ont attaqué leur famille. Les Estaffes n'ont aucune pitié, Mathieu Hidalf. Ils assassineraient un nourrisson sans hésiter. S'ils font prononcer le Serment noir à leurs victimes, c'est parce que ce serment, comme vous le savez, détruit l'Arbre doré bien davantage que la mort d'un membre de l'école. Un quinzième Prétendant a refusé de prononcer le Serment noir. Les frères Estaffes l'ont tué. Ils ont tué sa famille.

Mathieu resta bouche bée, incapable de réagir.

— Le Serment noir, justement, est censé être si secret que seuls les Élitiens le connaissent, reprit la comtesse. Il a malheureusement été publié en première page de *L'Astre du jour*, parce que le traître a menacé de mort son rédacteur en chef. Nous avons tout fait pour intercepter la plupart des exemplaires. Mais, à présent, la majorité des élèves connaissent le serment. Personne ne voit les Estaffes, Mathieu Hidalf. Mais ils sont là. Ils sont là et vous avez sauvé la vie de dizaines de Prétendants en revenant parmi nous aujourd'hui.

Mathieu avait écouté avec effroi. Il n'osa pas demander de noms. Il se renseignerait, il les trouverait, il saurait quels Prétendants avaient prononcé le Serment noir, quel autre avait été assassiné par les Estaffes.

— Ils ont également, par quatre fois, essayé d'atteindre l'une de vos vieilles connaissances, reprit la comtesse : *la grand-mère édentée*. Nous ne savons pas pourquoi ils s'intéressent à elle de si près. Heureusement, le sortilège de sommeil qui entoure la chaumière de la vieille sorcière est si puissant que même des Helios ne peuvent le combattre.

— À présent que l'école est rouverte, dit Mathieu lentement, ils vont attaquer de manière visible, n'est-ce pas ?

— Oui. Mais nous y sommes prêts. Lors de la

bataille pour la survie de la Foudre fantôme, les frères Estaffes avaient un avantage sur les Élitiens. Louis Serra, ce soir-là, avait choisi de puiser une énorme partie de la puissance de l'Arbre doré pour maintenir la Foudre en vie. Si les Estaffes revenaient à présent, face aux trente Élitiens, dans l'enceinte de l'école, ils seraient en position de faiblesse.

— Que comptez-vous faire pour les empêcher d'attaquer ?

— Nous comptons faire ce que nous aurions dû faire depuis longtemps : laisser l'école reprendre le cours de sa vie. Depuis que le sortilège de Ronces a été déployé, il y a onze mois, plus aucune épreuve n'a été attribuée aux Prétendants et aux Apprentis. Les épreuves ne sont pas de simples exercices. Elles sont magiques. Si elles avaient repris alors que des Prétendants étaient retenus hors de l'école, ils auraient tous été exclus, que nous le voulions ou non. À présent, les Prétendants vont rattraper leur retard. Ils sont, grâce à l'arrivée des jeunes filles, plus nombreux que jamais. La prochaine Cérémonie des épreuves aura lieu dans une semaine. La peur est la première arme des frères Estaffes. Nous allons leur montrer que nous n'avons plus peur d'eux. À présent, suivez-moi, Mathieu.

La comtesse traversa la flaque d'eau d'un pas assuré et atteignit la double porte de la bibliothèque. Derrière les battants, ce n'était pas seulement Julius Maxima et Juliette d'Airain qui attendaient Mathieu, mais encore six Cœurs noirs et une dizaine de nymphettes élitiennes. Les soldats portaient tous une longue épée. Leur visage était découvert, laissant apparaître un teint blafard peu accoutumé à la lumière du jour. Leur présence se voulait peut-être rassurante mais, aux yeux de Mathieu, elle avait au contraire quelque chose d'inquiétant. Six Cœurs noirs, un Élitien et dix nymphettes allaient l'escorter pour quelques minutes de marche dans le château du roi ?

Prenant la main de sa petite sœur, il avança tête basse jusqu'à la Grille épineuse. De temps en temps, il jetait un regard à l'Élitien qui marchait juste devant eux. Julius Maxima était la discrétion même et rien ne laissait paraître, sur son visage impassible, le moindre étonnement au sujet de l'arbre doré de Mathieu.

*

Les Hidalf, comme toutes les familles de la haute noblesse du royaume, possédaient un appartement dans la tour des Nobles du château du roi. Cet appartement était situé au dixième étage, précisément au-dessus de celui de la famille Pompous. Lorsqu'ils étaient plus jeunes, Mathieu et les Juliette adoraient y séjourner, car leur père, pour faire enrager leurs voisins du dessous et les empêcher de dormir, n'hésitait pas à organiser les spectacles les plus bruyants possibles tout au long de la nuit.

— Te souviens-tu de la dernière fois où nous avons été tous réunis dans cet appartement ? demanda la petite Juliette d'Airain en se serrant contre son frère.

Mathieu chercha dans ses souvenirs et fit non de la tête.

— C'était pendant l'anniversaire de tes dix ans, juste avant que le roi n'épouse la grand-mère édentée à cause de toi. Nous étions au grand salon et tu nous as avoué une fausse bêtise. Je n'avais jamais vu papa si furieux. J'ai bien cru qu'il t'étranglerait.

— C'est peut-être pour aujourd'hui ! fit remarquer Mathieu, songeur.

Lorsqu'ils arrivèrent devant la porte close, sur laquelle scintillaient le nom des Hidalf et le numéro de l'appartement, Mathieu respira profondément. À vrai dire, une peur qu'il connaissait bien et qu'il n'avait jamais ressentie avec une telle intensité s'emparait de lui : la peur d'assumer les conséquences de ses actes. Deux Cœurs noirs se disposèrent de chaque côté de la porte, tandis que les quatre autres surveilleraient les étages supérieurs et inférieurs.

— Entre la première, Juliette, proposa Mathieu en s'effaçant.

– Non, Mathieu, protesta la fillette en fronçant les sourcils. Papa m'a confié qu'il voulait te voir un moment seul à seul. Ce sera plus pratique, surtout s'il veut te donner une bonne leçon de morale.

Julius Maxima, immobile, chuchota sans qu'on voie ses lèvres bouger :

– Bon courage, Mathieu Hidalf.

Mathieu abaissa la poignée. Elle lui sembla affreusement lourde.

*

Le grand salon des Hidalf était à peine éclairé par une petite nymphette ; ce fut elle que Mathieu aperçut en premier. Il reconnut aussitôt Adélaïde, la fée personnelle de sa mère. La nymphette le dévisagea d'un air à la fois tendre et sévère puis se percha sur un tableau. Mathieu inclina la tête vers deux ombres, se tenant par la main comme si elles risquaient de s'évanouir : ses parents.

M. et Mme Hidalf patientaient. Ils avaient attendu des heures sans oser croire que leur fils était bel et bien réveillé. L'attention de Mathieu fut un instant détournée par des lueurs dorées, au-dehors. Sous la neige, il vit les dix nymphettes élitiennes se poster aux différentes fenêtres de l'appartement, pour en assurer la surveillance.

Il se tourna alors vers sa mère. Elle lui parut changée. Son teint était si pâle qu'elle semblait avoir dormi, elle aussi, à l'abri du soleil pendant neuf mois. Elle n'allait pas bien, c'était évident. Quant à son père, il portait son costume rouge et or de la veille. Un reste de la colère qui semblait l'animer toujours, envers et contre tout, rendait son visage encore familier à son fils. On croyait entendre les flocons s'accumuler au rebord des fenêtres.

— Je suis désolé, dit seulement Mathieu, conscient que ces trois mots ne suffiraient sans doute pas.

— Mon garçon, répliqua M. Hidalf d'une voix bourrue, je n'ai que ceci à te dire : un Hidalf ne s'excuse jamais, et surtout pas quand il a toutes les raisons de le faire.

Mathieu avança encore d'un pas et tomba presque dans les bras de ses parents. Il sentit le cœur de sa mère battre à tout rompre contre le sien. Elle serrait sa main, agrippait ses cheveux, posait sa joue contre la sienne.

— Tu m'as entendu, n'est-ce pas ? demanda-t-elle tout bas.

À ces mots, le souvenir d'un millier de paroles, qu'il avait en effet perçues pendant son sommeil, jaillit dans la mémoire de Mathieu. Oui, il se souvenait de cette présence constante autour de lui, pendant son sommeil, de ces centaines de figures de contes.

— Comment as-tu pu, Mathieu ? Comment as-tu pu t'endormir pendant si longtemps ?

À vrai dire, pour la première fois, il se posait lui-même la question. Comment avait-il pu ? Ces retrouvailles muettes durèrent un moment. Mathieu n'aurait pu dire combien de temps au juste. Comme à son réveil, l'écoulement des minutes lui paraissait flou. Ce ne fut que lorsque la porte de l'appartement s'ouvrit sur Juliette d'Argent et Juliette d'Airain que Mathieu retrouva tous ses esprits. Ses deux sœurs tenaient Bougetou en laisse. L'énorme chien fit un bond vers son jeune maître, échappant aux Juliette, et poussa un quadruple aboiement tonitruant.

— C'est papa qui a eu l'idée de le ramener du manoir, pour te faire une surprise, annonça Juliette d'Argent.

— Bien ! décréta M. Hidalf en bombant le torse, je crois qu'il est temps de passer un moment heureux et détendu en famille. Qu'en dites-vous ?

Bougetou aboya si fort que les nymphettes postées aux fenêtres s'éloignèrent d'un battement d'ailes. Le chien à quatre têtes était sans doute ravi de faire officiellement partie de la famille, ce que M. Hidalf avait toujours démenti avec ferveur. Justement, le sous-consul haussa le sourcil droit d'un air soudain contrarié.

— Où est Juliette d'Or ? gronda-t-il.

Les deux autres Juliette haussèrent les épaules d'un air qui voulait dire : « En retard, évidemment. » M. Hidalf leva les yeux au ciel en ajoutant :

— Et maître Magimel ? Il n'a pas voulu se joindre à nous ?

— Maître Magimel est toujours en vie ? se réjouit Mathieu.

C'était une coutume, chez les Hidalf, de poser cette question tous les matins.

— Oui, répondit Juliette. Mais il est tombé malade tout à l'heure. D'après le Dr Boitabon, ce n'est qu'un mauvais rhume. Il lui a conseillé de rester au lit jusqu'à son rétablissement.

La jeune fille n'ajouta pas un mot et s'assit à côté de Mathieu à la longue table du salon, dont la présence fut soudain révélée par une volée de nymphettes qui illumina le salon. Jamais Juliette d'Argent ne s'était sentie si proche de son frère. Elle avait le sentiment de partager un secret avec lui. Plusieurs fois déjà, elle avait expliqué chaque consigne du « Protocole Soupont » à ses parents. Elle espérait à présent qu'elle pourrait à nouveau décrire les moindres détails du réveil de Mathieu à sa petite sœur. Mais Juliette d'Airain préféra lui raconter, pour la centième fois, comment elle avait convaincu Louis Serra et la comtesse Dacourt d'accepter la présence des jeunes filles à l'école de l'Élite.

M. Hidalf ordonna sévèrement que l'on passe à table sans attendre Juliette d'Or.

— Ta grande sœur a changé, expliqua-t-il à Mathieu. Depuis qu'elle a fêté ses dix-huit ans, car, hélas ! le temps ne s'est arrêté que pour toi, Juliette se croit tout permis.

— Je ne vois pas ce qui a changé, dans ce cas, fit observer Mathieu. On m'a toujours considéré injustement comme l'élément perturbateur de la famille, mais Juliette d'Or a tout simplement moins le sens du spectacle que moi, ce qui fait qu'on la remarque moins.

— Plus maintenant ! Elle a coupé ses cheveux, prévint Juliette d'Airain avec un petit soupir réprobateur.

— *Coupé ses cheveux ?* s'épouvanta Mathieu. Mais alors, tout le monde peut voir ses oreilles décollées ?

— J'y étais fermement opposé, fit savoir M. Hidalf.

— Rassurez-vous, père, dès que je lui aurai dit des politesses sur ses oreilles, elle va se laisser pousser les cheveux jusqu'aux chevilles, le rassura Mathieu.

Mme Hidalf écoutait ces discussions avec un sourire qui ne faiblissait pas, en caressant la tête la plus à gauche de Bougetou. Bientôt, M. Hidalf raconta pour sa part toutes les versions du retour de Mathieu qu'il avait entendues, sans laisser à son fils l'occasion d'expliquer la bataille qui avait eu lieu, dans l'école, entre Prétendants et Cœurs noirs. Dans chaque récit de M. Hidalf, une chose ne variait jamais : Méphistos Pompous finissait toujours par passer pour un idiot.

– J'ai hâte de voir la tête que fera cet imbécile heureux lorsqu'il découvrira que *deux* Hidalf sont désormais élèves de l'école de l'Élite, se réjouit-il. À vous deux, mes enfants, vous avez toutes les qualités requises pour devenir Élitiens. Juliette d'Airain, tu as l'intelligence, le génie, la capacité de travail et la ténacité. Quant à toi, Mathieu, tu as… tu as…

– … un nouvel arbre doré ? suggéra Juliette d'Argent pour venir au secours de son père.

– C'est exactement ça, conclut M. Hidalf. Toi, Mathieu, tu as un nouvel arbre doré !

La petite Juliette d'Airain bomba le torse avec fierté ; il était rare que son père mentionne sa scolarité parmi les Élitiens en termes si élogieux.

– Je suis certain que Méphistos Pompous fait partie de ceux qui voudraient forcer leurs enfants à prononcer le Serment noir, reprit M. Hidalf d'un air outragé. Eh bien, à présent le voilà servi : l'école de l'Élite est rouverte et son fils Roméo y est encore élève. Mathieu, Juliette, je serai très strict sur un point : je veux que vous aidiez ce benêt de Roméo pour chacune de ses épreuves.

Mathieu et sa sœur échangèrent un coup d'œil étonné. Jamais M. Hidalf n'avait encouragé l'entraide entre ses enfants et les Pompous. La raison de cette volte-face s'expliqua quand il précisa :

— Sans vous, aucun doute que ce cueilleur de pâquerettes serait renvoyé à la première occasion. Vous l'aiderez pour qu'il reste Prétendant élitien aussi longtemps que possible, ce qui fera enrager son père jour après jour.

Mathieu n'écoutait plus. Il observait discrètement sa mère, qui observait elle-même les nymphettes élitiennes aux fenêtres, avec un sentiment d'inquiétude que tout le bonheur de ces retrouvailles ne pouvait atténuer. La porte du salon s'ouvrit à cet instant. Tous les Hidalf tournèrent la tête en même temps, si unis que Bougetou lui-même n'aurait pas fait mieux. Dans l'encadrement, Juliette d'Or apparut.

Mathieu cligna des yeux. Sa grande sœur n'était pas seulement devenue adulte depuis la dernière fois qu'il l'avait vue ; toute sa beauté, toute sa grâce paraissaient décuplées. Elle avait les cheveux coupés aux épaules. Ils scintillaient comme des ailes de nymphettes.

— Merveilleux ! gronda M. Hidalf, tu es en avance,

Juliette : nous n'avons pas encore commencé le dessert.

La grande Juliette avait l'art de rendre son père muet d'un seul regard. Elle courut droit jusqu'à Mathieu, et le serra contre elle comme si elle voulait l'étouffer.

– Mathieu ! Mais… tu as grandi !

– Non, justement ! Figure-toi que ma croissance a été interrompue par le sortilège de sommeil. Mais d'après le Dr Soupont, je…

– Si, tu as grandi ! Oh tu as tellement grandi ! Je suis si heureuse de te voir.

Au passage, la jeune fille lui glissa dans la main une petite clef rouge. Mathieu reconnut la clef fée du roi, qu'il avait confiée à sa sœur avant son endormissement. Juliette se redressa, rayonnante, et chuchota de manière à n'être entendue que de son frère :

– Tristan et moi attendions ton réveil depuis des mois…

Dès lors, Mathieu comprit que quelque chose clochait.

– Tu attends un bébé ? demanda-t-il tout haut.

– Juliette va avoir un bébé ? s'étonna Juliette d'Airain.

– Juliette est enceinte ? s'émerveilla Juliette d'Argent.

– Non, voyons ! protesta l'aînée de la fratrie.

M. Hidalf, persuadé que ses filles croyaient encore à la vieille histoire qu'il leur avait racontée, dans laquelle les bébés étaient envoyés à leurs parents par colis postal après remplissage d'un simple formulaire, échangea avec son épouse un regard attendri.

Il ne fut pas attendri bien longtemps. Une silhouette fit son entrée dans l'appartement, par la porte laissée entrouverte. Un arbre doré scintillait dans la pénombre, et Mathieu crut d'abord que Julius Maxima avait suivi sa sœur et venait interrompre les festivités. Mais il reconnut bientôt, à la lueur d'une nymphette, le visage de Tristan Boidoré, l'amoureux secret de Juliette d'Or, qui n'était plus secret que pour son père. Mathieu trouva que le jeune homme n'avait pas changé ; il avait les mêmes cheveux longs et bouclés, le visage sec, comme taillé dans la pierre, et un air rassurant en toute circonstance. Pourtant, dès qu'il franchit le seuil de l'appartement, Mathieu vit son assurance faiblir.

– Bonsoir, dit-il d'une voix légèrement rauque. Mathieu Hidalf, heureux de vous revoir.

Stupéfait, Mathieu ne répondit pas à son salut. À table, Juliette d'Argent et Juliette d'Airain avaient ouvert de grands yeux. Mme Hidalf, pour sa part, dévisageait Tristan d'un air à la fois attendri et soucieux. Quant à M. Hidalf, il fronça les sourcils : il avait coutume de ne croire que ce qu'il voyait, et c'est peut-être pourquoi Juliette d'Or se rapprocha de Tristan et lui prit délicatement la main. Deux bagues argentées, les anneaux de Foudre, resplendissaient à leur doigt.

— Maman, papa, dit la jeune femme, j'ai pensé que deux bonnes nouvelles valaient mieux qu'une. C'est pourquoi j'ai choisi le jour du réveil de Mathieu pour vous présenter le jeune homme dont je suis amoureuse depuis trois ans : Tristan Boidoré.

— De… de… puis… trois… trois *quoi* ? bredouilla M. Hidalf.

— Trois ans, père, répéta la jeune fille avec assurance.

Personne n'osa d'abord regarder dans la direction de M. Hidalf ; mais après quelques secondes de silence, aucune protestation ne s'élevant, les trois Juliette, Mathieu et leur mère se tournèrent précipitamment vers le fauteuil du sous-consul. Les poings crispés sur les accoudoirs, M. Hidalf avait perdu connaissance.

— Le coup dur, siffla Mathieu.

— Classique, commenta Juliette d'Argent en haussant les épaules.

— Mère, est-ce que papa s'est lui aussi endormi à cause d'un sortilège de sommeil de la grand-mère édentée ? interrogea Juliette d'Airain.

Mme Hidalf posa une main sur celle de son mari, et chuchota à ses quatre enfants :

— Je pense que votre père aura besoin de calme dès qu'il reviendra à lui. Je préfère attendre son réveil seule avec votre grande sœur. Juliette, dit-elle en se tournant vers son aînée, va me chercher un peu de neige à la fenêtre, je te prie.

— Est-ce que je peux rester tout de même ? intervint Mathieu. Je ne veux pas rater ça !

— Non, merci, répondit Mme Hidalf. Mais c'est très aimable à toi de nous proposer ton aide.

— S'il vous plaît, mère ! Je n'ai eu presque aucune distraction depuis neuf mois ! Je promets de ne pas prendre part au scandale ! Je ne me moquerai pas de papa ! Je n'envenimerai pas la situation ! Je regarderai simplement, comme au spectacle.

Dans son fauteuil, M. Hidalf poussa un vague gémissement et cligna plusieurs fois des yeux. Mme Hidalf se redressa et ordonna avec autorité :

— Mathieu, Juliette d'Airain, retournez immédiatement à l'école de l'Élite. Juliette d'Argent, tu pourrais les accompagner jusqu'à la Grille épineuse, n'est-ce pas ? Mon cher Tristan, nous serons ravis de vous accueillir à dîner un jour prochain au manoir. Nous y rentrons d'ailleurs dès ce soir. Au revoir.

Mathieu et ses deux sœurs quittèrent l'appartement à contrecœur, suivis juste à temps de Tristan

Boidoré, qui referma la porte au moment où la respiration de M. Hidalf, ressemblant à s'y méprendre à celle d'un taureau sur le point de charger, annonça son réveil. Derrière la porte, Bougetou poussa trois aboiements et un léger gémissement, en guise d'au revoir.

– Bonne nouvelle, chuchota Mathieu à ses deux sœurs. Notre héritage vient d'augmenter de manière conséquente. La fortune familiale ne sera pas divisée en quatre, comme il était prévu, mais en trois, c'est moi qui vous le dis ! Juliette d'Or peut dire adieu à la richesse, à l'aisance et aux privilèges.

Un calme et une obscurité surprenants régnaient hors de l'appartement. Quelques nymphettes élitiennes, dont les ailes étaient légèrement couvertes de neige, s'élancèrent dans le château du roi pour devancer un éventuel obstacle. Mathieu et ses sœurs restèrent un moment songeurs, essayant d'imaginer ce que pouvait bien être en train de hurler leur père.

– Cette fois, soupira Mathieu, nous y sommes : Juliette d'Or n'est plus des nôtres. Préférer une discussion franche avec nos parents plutôt que le mensonge et la tromperie… c'est indigne de la fratrie Hidalf.

– Oui…, avoua à regret Juliette d'Argent. Elle fait désormais partie du monde des adultes.

— C'est la fin du serment Papa en nage, conclut tristement Juliette d'Airain.

Devant eux, il y avait quelqu'un qui semblait plus triste encore. Tristan Boidoré, les épaules basses, ressemblait à un petit garçon à côté des Cœurs noirs et de Julius Maxima.

— Je vais le consoler, chuchota Mathieu en bombant le torse. J'ai l'art pour ces choses-là.

Il régla son allure sur celle du jeune homme et fit mine de contempler la neige qui s'amassait au rebord des fenêtres. Après quelques pas, il annonça, d'une voix rassurante :

— Ne vous inquiétez pas, Tristan. Mon père est toujours comme ça. À l'entendre, il ne vous pardonnera jamais, mais une fois que vous l'avez menacé de révéler à la justice du royaume l'existence de ses comptes en banque secrets, il reconsidère les choses.

Tristan Boidoré ne parut guère rassuré pour autant.

— À vrai dire, Mathieu, ce n'est pas la réaction de votre père qui m'inquiète…

— Ah bon ?

— C'était la part de Juliette de lui apprendre la nouvelle. Moi, je dois à présent prévenir ma tante, la comtesse Armance Dacourt, qui a cherché pendant des années à découvrir l'identité de l'amoureux de votre sœur… c'est-à-dire *moi*. Je ne pensais pas vous confier une telle chose un jour, Mathieu Hidalf, mais j'ai peur. J'ai même très peur.

– Elle va vous renvoyer de l'école ?

– Non. Heureusement pour moi, elle n'a plus ce pouvoir depuis que je suis devenu pré-Élitien. La connaissant, je pense plutôt qu'elle me dira : « J'ai pris note de cette information, merci » et qu'elle ne m'adressera plus la parole pendant les dix prochaines années.

– Je ne peux pas rater ça ! s'exclama Mathieu. Je pourrais peut-être vous accompagner quand vous lui ferez votre annonce ; je serai une sorte de médiateur ! D'ailleurs, je viens d'avoir une idée de génie. Nous devons affronter deux dragons. Pourquoi leur faire face, alors que nous pouvons les faire se combattre l'un contre l'autre ? Organisons une rencontre entre mon père et la comtesse Dacourt !

– Je pense qu'il vaut mieux que je gère ce problème tout seul, merci, Mathieu.

Tristan Boidoré accéléra le pas d'un air dépité et rattrapa les Cœurs noirs qui ouvraient la marche. Mathieu poussa un nouveau soupir en rejoignant ses sœurs. Il était dit, ce jour-là, qu'il serait tenu à l'écart de toutes les réjouissances.

Troisième partie

L'héritage de Mathieu Hidalf

Chapitre 13
Le combat d'arbres

De retour dans l'école de l'Élite, Juliette d'Airain et Mathieu marchèrent en silence dans l'ombre de Julius Maxima et de Tristan Boidoré.

Aucune fée n'illuminait les galeries lugubres. Aucun élève ne les traversait en courant. Aucun murmure ne s'élevait derrière les statues des Élitiens.

– Toutes les nymphettes élitiennes ont été placées sur le fil d'or, expliqua Julius Maxima. En ce moment même, malgré l'heure tardive, les élèves sont réunis dans la galerie des Chandelles et écoutent les mesures prises par Louis Serra et la comtesse Dacourt pour assurer leur sécurité.

Mathieu observait distraitement les nymphettes du fil d'or. Il n'aurait pas aimé être à leur place, à rester immobile des heures dans l'obscurité la plus complète. Perchées chacune sur son crochet, elles serraient leurs fines ailes dorées contre leurs flancs pour se tenir chaud.

– Tristan, conduisez Juliette d'Airain parmi ses camarades, je vous prie, ordonna Julius Maxima, arrivé en haut d'un petit escalier. Mathieu Hidalf, suivez-moi.

Mathieu ne demanda pas pourquoi il n'accompagnait pas sa sœur. Autrefois, il aurait redouté de suivre seul Julius Maxima. Il l'avait même soupçonné d'être le traître recherché par toute l'école. À présent, il savait qu'il pouvait lui confier sa vie. Il fit un signe de la main à Juliette d'Airain, qui s'éloigna en compagnie de Tristan Boidoré.

Julius Maxima le mena sans un mot jusqu'à la bibliothèque des Prétendants, dont il poussa les portes avant de les refermer soigneusement. Il ne fallut qu'un coup d'œil à Mathieu pour constater qu'elle était vide ; non seulement les élèves l'avaient quittée, mais pas une seule nymphette ne traversait la salle.

– Prenez garde à ne pas glisser, l'avertit Julius Maxima.

Mathieu posa le pied dans la flaque. Son pas produisit un léger craquement. Une fine pellicule de glace s'était formée à la surface de l'eau. Au loin, un feu grondait. Instinctivement, Mathieu traversa la flaque noire jusqu'à son lit délabré. Il entendit le bruit familier des bûches craquant dans l'âtre. Derrière lui, la silhouette de Julius Maxima gardait une attitude solennelle.

– Mathieu Hidalf, il faut que vous sachiez qu'il s'est produit aujourd'hui une chose parfaitement impossible : un arbre doré mort *semble* avoir rejailli de ses cendres. Le vôtre.

Mathieu comprit immédiatement que la bibliothèque n'était pas déserte par hasard. Et il était bien trop habile en négociation pour être trompé par le calme de Julius Maxima. Pourquoi l'Élitien s'exprimait-il avec tant de prudence ? Et pourquoi Louis Serra lui-même l'évitait-il jusqu'à maintenant ? Enfin, comment le sortilège de la grand-mère édentée avait-il pu être levé, contre toute attente, le jour de ses douze ans ?

– Avez-vous déjà entendu parler de la Carte dorée ? demanda Julius Maxima.

Mathieu acquiesça. Il avait lu plusieurs ouvrages mentionnant cette carte. Reliée à l'Arbre doré, planté dans le vestibule de l'école, elle en représentait toutes les branches, y compris les plus infimes. Sa particularité était d'indiquer le nom de leurs propriétaires. Julius Maxima sortit avec précaution un rouleau de parchemin de sa luide, le déposa sur le lit de Pierre Chapelier et le déroula avec précaution. Mathieu retint son souffle ; la carte scintillait, découvrant des centaines de branches plus fines que des doigts de fée. Il porta aussitôt son attention sur la cime de l'arbre, là où sa branche s'était dressée avant qu'il prononce le Serment noir. Il constata avec un léger trouble qu'elle était noircie. Son nom apparaissait au-dessous, mais il était rayé.

– Louis Serra tient à ce que vous sachiez toute la vérité, Mathieu, dit Julius Maxima. Nous ne savons pas ce qu'il s'est passé. Mais une chose est certaine : votre arbre doré est *mort* il y a dix mois, le soir où vous avez prononcé le Serment noir, peu avant la mort de la Foudre fantôme. Et contrairement à ce que pense tout le royaume, votre arbre n'a pas rejailli de ses cendres. Votre nom n'apparaît nulle part sur cette carte magique, Mathieu Hidalf. Nulle part. Vous ne possédez aucune branche sur l'Arbre doré.

*

On entendait à peine le bruit léger d'une goutte d'eau se mêlant quelquefois à la flaque noire, et le craquement du bois dans l'âtre rougeoyant. Les yeux de Mathieu parcouraient la carte avec une vivacité extraordinaire. Il lut plusieurs noms qu'il connaissait. Il identifia la branche de Pierre, celle de Roméo, celle de la comtesse Dacourt, celle de Louis Serra. Mais il avait beau redoubler de vigilance, il ne vit son propre nom nulle part, hormis sous la branche brûlée qui avait été la sienne avant qu'il prononce le Serment noir.

– Comment est-ce possible ?

– Ce n'est pas possible. Votre arbre est mort,

Mathieu. Mais un arbre brille pourtant sur votre cœur. Chaque porteur d'arbre possède une branche sur l'Arbre doré. Son nom s'inscrit immédiatement sur cette carte. Mais le vôtre n'y apparaît pas. Nous ne comprenons pas ce qu'il s'est produit.

Mathieu se tut. Son regard était tombé sur cinq branches noires, voisines les unes des autres. Le nom de cinq des six frères Estaffes était griffonné et rayé au-dessous d'elles.

– Les branches des bannis apparaissent encore sur la carte tant qu'ils sont en vie, révéla Julius Maxima. À présent, je vais ausculter votre arbre doré.

À ces mots, Mathieu sentit une certaine tension dans la voix de l'Élitien. Au loin, une averse de neige tomba à nouveau contre les carreaux noirs de la bibliothèque.

– Un arbre doré n'est rien d'autre qu'un sortilège très puissant, Mathieu Hidalf, indiqua l'Élitien sur le ton d'un médecin qui explique l'opération qu'il s'apprête à pratiquer. Quand un sortilège en rencontre un autre, savez-vous ce qu'il se produit ? Ils s'attirent ou bien se repoussent. Je vais donc utiliser mon arbre doré pour *provoquer* le vôtre et observer sa réaction. Théoriquement, votre branche scintillera sur la Carte dorée. Et nous pourrons la repérer... si jamais vous partagez la branche d'un autre membre de l'école.

Mathieu ne comprenait pas ; partager la branche d'un autre élève ? Était-il possible qu'il ne possède qu'un demi-arbre doré ?

— Peut-être avez-vous déjà entendu parler des combats d'arbres ? reprit Julius Maxima.

Mathieu fit signe que oui. Le souvenir du mystérieux Prétendant qui avait attaqué un Cœur noir le matin même lui revint en mémoire.

— Nous allons en quelque sorte pratiquer un combat d'arbres, déclara Julius Maxima. À la différence près que vous ne résisterez pas à mon attaque, c'est bien compris ? Vous ne sentirez qu'un léger picotement.

La flaque noire répandue sur le sol donnait à Mathieu l'impression d'être au milieu du lac des Bannis. Il se concentra. Sur le cœur de l'Élitien, un des plus beaux arbres qu'il ait jamais vus resplendissait. Il possédait plus de trente branches. Cela signifiait que Julius Maxima avait accompli plus de trente épreuves pendant sa scolarité.

Mathieu jeta un coup d'œil en direction des fenêtres de la galerie des Chandelles, où ses amis et sa sœur écoutaient Louis Serra. Puis, brusquement, il braqua son regard sur Julius Maxima ; une vive douleur avait contracté sa poitrine. Était-ce cela, « un léger picotement » ? Mathieu étouffa un cri de douleur. L'arbre de l'Élitien brillait désormais de mille feux dans la bibliothèque obscure.

— Ne résistez pas, Mathieu Hidalf, ordonna-t-il calmement.

— Mais je ne résiste pas, protesta Mathieu qui sentait la douleur augmenter. Je ne saurais même pas comment faire !

Julius Maxima grimaça et ferma les yeux. Son arbre étincela deux fois plus fort. À vrai dire, son éclat était tel qu'il produisait plus de lumière que dix nymphettes battant des ailes. C'était la première fois que Mathieu éprouvait une telle sensation : il lui semblait que son arbre et celui de Julius Maxima luttaient l'un contre l'autre, provoquant des étincelles de plus en plus brûlantes. Soudain, Mathieu sentit son cœur s'emballer. Quelque chose d'anormal se passait. Il avait beaucoup trop mal. Il ouvrit les yeux mais un éclat insoutenable remplissait la bibliothèque. Julius Maxima ouvrit les yeux à son tour. Mathieu n'y avait jamais vu une telle expression de terreur. L'Élitien semblait combattre un ouragan de lumière. Il hurla :

— Ne résistez pas, Mathieu Hidalf !

Mathieu ne réussit même pas à articuler un mot. Un éclair frappa la bibliothèque avec une intensité inouïe, puis tout s'assombrit. Mathieu et Julius Maxima furent tous les deux projetés en arrière. Mathieu glissa dans l'eau qui recouvrait le sol, rompant la fine couche de glace formée à la surface. Il s'arrêta dans un bruit sourd contre le sommier de son lit. Le coup qui avait frappé Julius Maxima semblait dix fois plus brutal : l'Élitien avait traversé les rideaux de trois lits avant de s'écrouler par terre à plusieurs mètres de distance.

*

La bibliothèque était redevenue sombre. Un calme inquiétant y régnait, troublé par le crépitement du feu et le tic-tac du réveil d'Octave Jurençon. Couché dans l'eau glacée, Mathieu secoua la tête ; ses cheveux étaient trempés. Il poussa sur ses bras pour se redresser, la mâchoire crispée par la peur. Que s'était-il passé ? Pourquoi son arbre doré avait-il réagi si violemment, alors que Julius Maxima lui avait annoncé un simple « picotement » ? Il vit l'endroit où l'Élitien avait été projeté, et l'appela d'une voix étranglée.

Ce dernier ne lui répondit pas. Mathieu contourna lentement les trois lits traversés par l'Élitien. Son cœur fit un bond. Julius Maxima gisait dans l'eau noire, les paupières closes.

– À l'aide ! hurla Mathieu.

Toutes les branches du blessé avaient déjà noirci. Comme s'il était en train de se consumer, de seconde en seconde, le tronc de son arbre s'assombrissait.

– Julius Maxima ! s'écria Mathieu en lui prenant

la main. Julius Maxima, est-ce que vous m'entendez ?

Il leva désespérément la tête. La bibliothèque était déserte. Le tronc de l'arbre doré avait à présent complètement noirci sur le cœur de l'Élitien et les racines ne tarderaient pas à s'éteindre à leur tour. Paniqué, Mathieu se penchait sur lui lorsqu'une main de fer le repoussa en arrière.

Louis Serra venait d'apparaître. Il se jeta sur Julius Maxima et lui prit la main au moment précis où les dernières racines allaient s'éteindre. Aussitôt, une douce lueur dorée envahit la bibliothèque. Mathieu vit avec espoir les racines brûlées retrouver leur couleur. Mais il remarqua que l'arbre de Louis Serra, en contrepartie, s'obscurcissait étrangement. Soudain, les lèvres de Julius Maxima frémirent sous ses yeux toujours clos. Il réussit à prononcer quelques mots, que Mathieu entendit résonner dans le silence.

– Ce n'est pas son arbre, Louis. Ce n'est pas celui d'un Prétendant. Je ne vois qu'un seul arbre assez puissant pour dégager une telle énergie... celui des frères Estaffes.

Les lèvres de l'Élitien se refermèrent. Louis Serra se tourna gravement vers Mathieu.

– Écoute-moi, dit-il fermement, *personne* ne doit savoir ce qu'il s'est passé. Personne. Quitte la bibliothèque en cachette. Vite.

Mathieu resta bouche bée. Ces mots étaient les premiers qu'il échangeait avec le capitaine depuis son réveil.

– Vous allez le sauver ?

– Oui.

Le cœur battant, Mathieu obéit et courut jusqu'aux portes, manquant plusieurs fois de glisser. Les paroles de Julius Maxima résonnaient dans son esprit tandis qu'il longeait les fenêtres enneigées. « Ce n'est pas son arbre. » Qu'avait voulu dire l'Élitien ? Qui avait réellement réveillé son arbre doré, ce matin-là ? Et comment était-il possible que Mathieu, sans même le vouloir, ait vaincu l'un des plus grands Élitiens de l'école dans un combat d'arbres ?

Chapitre 14
L'avertissement du traître

Par le carreau fendu d'une fenêtre, Mathieu aperçut une foule inquiète qui se répandait hors de la galerie des Chandelles. Chaque membre de l'école avait probablement senti la même brûlure que lui, au moment où l'arbre de Julius Maxima avait brûlé.

Au-dessus de Mathieu, les nymphettes du fil d'or s'agitaient, pointant son arbre du doigt, murmurant des paroles incompréhensibles, hésitant peut-être à donner l'alerte. L'arbre de l'un des frères Estaffes, se répétait Mathieu. Qui avait inventé le Serment noir ? Qui était capable d'en annuler les effets, hormis les Estaffes en personne ? Et s'ils avaient réveillé Mathieu pour atteindre les Élitiens à travers son arbre doré ?

Sans même y prendre garde, Mathieu se retrouva hors de l'enceinte de l'école, au seuil d'un bois vallonné. Il n'avait plus mis les pieds dans la forêt des Élitiens depuis le soir où le traître avait attaqué la Foudre fantôme.

La neige avait cessé de tomber ; elle recouvrait à peine le sol d'un léger tapis blanc.

Mathieu se doutait que Louis Serra aurait voulu qu'il ne s'aventure pas seul dans les bois. La forêt n'était pas surveillée. Par aucune nymphette, par aucun Cœur noir. Pourtant, au-dessus de lui, haut dans les ténèbres, Mathieu aperçut la lueur d'une fée. Il avança à grands pas sous une sorte d'arche, constituée d'arbres et de branches. Si elle voulait suivre ses pas, la nymphette serait obligée de s'engouffrer dans la forêt.

À quelques pas, au bout de la longue allée sinueuse, le lac des Bannis luisait dans l'obscurité. Mathieu frémit en atteignant sa rive. La surface du lac n'était plus ridée par le vent. La glace s'était répandue sur toute son étendue, plongeant la forêt dans une immobilité silencieuse. Était-elle solide ? Combien de lits emprisonnait-elle ?

— Est-ce que je porte l'arbre de l'un des frères Estaffes ? chuchota Mathieu.

Son reflet l'observa avec anxiété. Une lueur dorée descendit alors du ciel. La nymphette que Mathieu avait repérée se percha sur son épaule. Il reconnut avec étonnement la petite Adélaïde, la fée de sa mère. D'habitude froussarde, elle semblait avoir dépassé sa peur pour le suivre jusque dans la forêt.

— Le Dr Soupont a rencontré vos parents avant

qu'ils retournent au manoir, expliqua-t-elle. Il m'a choisie pour veiller sur votre sommeil.

Mathieu garda les yeux rivés sur la surface du lac.

— Il faut rentrer, à présent, chuchota la fée. Vous n'êtes pas en sécurité dans cette forêt. Une rumeur court dans l'école… Il paraît que le traître vient de frapper.

— Le traître ? répéta Mathieu.

— Oui. Rentrons.

Mathieu s'empressa aussitôt de regagner la longue allée qui conduisait aux portes de l'école. Il tourna le dos au lac, tandis qu'Adélaïde volait entre les branches basses. Mathieu s'arrêta un instant. À côté de ses empreintes, d'autres traces de pas se dessinaient dans la neige fraîche.

— Tu as vu quelqu'un nous suivre ? demanda-t-il à la nymphette, en surveillant les alentours.

— Non. Vite. Rentrons.

Avant d'obéir, Mathieu distingua une silhouette noire, encapuchonnée. Ce n'était pas la silhouette du traître. Mais celle d'un Prétendant.

*

De retour dans l'école, Mathieu rejoignit un groupe d'élèves qui revenaient de la galerie des Chandelles. À la faveur de l'obscurité, il réussit à se mêler à eux sans se faire remarquer. Les Prétendants semblaient particulièrement agités, mais d'une agitation enthousiaste qui n'avait rien à voir avec la peur du traître ou des frères Estaffes. Mathieu n'avait connu une telle effervescence qu'une seule fois : le jour où les épreuves avaient été attribuées aux élèves. Dans l'école, il n'était jamais question de contrôles ou de dictées. Chaque enfant se voyait régulièrement attribuer une mission, avec un temps déterminé pour l'accomplir. S'il y parvenait, il obtenait une nouvelle branche sur son arbre. S'il échouait, il était renvoyé chez lui, sans autre forme de procès. Était-il possible que la Cérémonie des épreuves ait été avancée et qu'elle ait eu lieu dans la galerie des Chandelles, en son absence ?

— Est-ce que vous pensez que nous allons vraiment nous battre en duel ? lança un Prétendant long comme une asperge, en pâlissant à vue d'œil.

— Oui ! approuva un élève au nez écrasé, et je vais essayer de convaincre Jurençon, le neveu du roi, de combattre contre moi... Il paraît qu'il ne sait même pas à quoi sert son arbre doré.

Mathieu fronça les sourcils. De quel combat les élèves pouvaient-ils bien parler ?

— En tout cas, reprit un autre, il vaut mieux éviter de tomber sur Chapelier. Il s'entraîne depuis des années, en cachette. On m'a raconté qu'un jour il a attaqué trois Apprentis qui se moquaient de Hidalf...

– Mathieu ! lança quelqu'un derrière lui.

Tandis que les Prétendants, plongés dans leur discussion, continuaient d'avancer sans se soucier de lui, Mathieu se retourna et aperçut Roméo Pompous, qui accélérait le pas pour le rattraper. Roméo semblait dans tous ses états. Ses mains s'agitaient, frôlant son visage avant de passer dans ses cheveux bruns et bouclés.

– Que se passe-t-il ? demanda Mathieu. Tout le monde semble surexcité.

– Attends de savoir ce que Louis Serra nous a réservé ! déclara Roméo. Louis Serra vient de rendre le cours de combat d'arbres *obligatoire* pour tous les élèves de l'école ! *Un combat d'arbres*, tu entends ? Jusqu'à présent, ils étaient réservés aux Apprentis… Nous allons apprendre à combattre en utilisant notre arbre doré ! Nous serons bientôt capables d'affronter les frères Estaffes et le traître en personne ! Est-ce que tu imagines ça ?

Mathieu imaginait surtout qu'il ne risquait pas d'avoir le droit de pratiquer le moindre combat d'arbres après ce qui était arrivé à Julius Maxima. Il comprenait mieux les discussions qu'il avait surprises.

– Il faut vite que chacun trouve un partenaire, expliqua Roméo.

– Un partenaire ?

– Oui, un partenaire de combat. C'est comme

dans un bal. Il faut se dépêcher d'inviter la plus belle fille à danser. Sauf que là, il faut inviter les Prétendants les plus nuls de l'école pour être certain de leur donner une bonne raclée... J'ai jeté mon dévolu sur Jurençon ; j'espère que personne ne l'invitera avant moi.

— Dépêche-toi, j'ai entendu un Prétendant qui a eu la même idée, signala Mathieu.

— J'en étais sûr. Jurençon va être courtisé par tout le monde. Mais il est mon ami. Il me doit la priorité. Et toi ? Qui comptes-tu défier ?

Mathieu haussa le sourcil droit, songeur.

— Moi ? À vrai dire, je n'aime pas la compétition dans le cercle familial. Je pense défier ma petite sœur. Comme ça, je grille son arbre doré comme un poulet rôti ; elle retourne au manoir, et je suis de nouveau le seul Hidalf à pouvoir devenir Élitien.

Roméo ouvrit des yeux ronds.

— Je n'y avais pas pensé... Nous allons peut-être combattre des filles ! Il est hors de question qu'une fille détruise mon arbre doré ! D'ailleurs, as-tu pensé que tu pourrais très bien affronter...

Roméo s'interrompit. D'ailleurs, toute la galerie se tut en même temps que lui. Un courant d'air venait de traverser l'école, un courant d'air familier, provoqué par le mouvement de milliers d'ailes qui se soulèvent.

— Le fil d'or ! lança Mathieu.

En une seconde, la galerie commença à clignoter. Les Prétendants s'immobilisèrent, tandis que des ombres silencieuses se déployaient : les Cœurs noirs. En une minute, les gardiens de l'école furent une dizaine à entourer les Prétendants, la main posée sur leur épée.

– Est-ce que c'est un exercice ? s'inquiéta Roméo.

Il avait à peine refermé la bouche, qu'un chuchotis sinistre se répandit sous la voûte de l'école. Chaque fée prononçait quelques mots, immédiatement répétés par sa voisine. Au loin, les Prétendants qui avaient entendu leurs paroles réagirent avec effroi. Mathieu et Roméo se rapprochèrent, coude à coude, le visage tourné vers les fées. Ils comprirent enfin les mots qu'elles prononçaient sans la moindre intonation : « Prétendants, vous subirez le sort réservé aux Bannis. »

Cette phrase résonna deux mille fois, murmurée par deux mille nymphettes. Puis le fil d'or s'éteignit brusquement, au-dessus des Cœurs noirs. La panique frappa une seconde les gardiens de l'école qui tirèrent leur épée contre un ennemi invisible.

– Le sort réservé aux Bannis ? répéta Roméo.

– Les nymphettes nous menacent ? balbutia un autre élève.

– Tous en ordre de marche ! tonna un Cœur noir, tâchant de rétablir la discipline. Direction la bibliothèque.

Les Prétendants avancèrent en rangs. Plus personne ne songeait aux combats d'arbres, ni à inviter Octave Jurençon le premier.

— Le traître, comprit Mathieu. C'est lui qui s'est exprimé à travers le fil d'or. Les nymphettes doivent obéissance aux Élitiens… Elles n'ont fait que répéter sa menace !

— Le traître veut nous attaquer, nous, les Prétendants ? bredouilla un élève en se retournant dans sa direction.

— Silence ! ordonna un Cœur noir.

D'un coup d'œil circulaire, Mathieu constata que les gardiens s'étaient multipliés. Deux d'entre eux ouvrirent les portes de la bibliothèque et firent entrer les Prétendants.

Chacun prit la direction de son lit à regret. Mathieu sentait son cœur se soulever ; il lui semblait voir son arbre doré et celui de Julius Maxima lancer des éclairs. Sous ses pieds, la flaque noire était devenue une épaisse couche de glace.

— Le même sort que les Bannis ! grogna Roméo en enroulant l'index autour de ses boucles brunes. C'est bien beau ! Mais quel sort subissent-ils ?

— Certains étaient enfermés dans un labyrinthe, expliqua Mathieu en s'asseyant sur son lit.

— Le traître veut nous enfermer dans un labyrinthe ? ricana Roméo. Eh bien, je demande à voir ça. Avec les cent Cœurs noirs qui nous surveillent, je ne suis pas certain que le traître aura l'audace de s'en prendre à nous… n'est-ce pas ?

*

La bibliothèque était encore à moitié vide et ce ne fut qu'une demi-heure plus tard que les derniers Prétendants la rejoignirent, escortés par des Élitiens en personne. Les derniers semblaient bien moins confiants que Roméo à en juger par leur visage soucieux.

Mathieu leva la tête quand Pierre et Jurençon firent irruption à côté de son lit.

– Vous avez entendu la rumeur ? lança le neveu du roi. Le traître a frappé à nouveau !

– Ah bon ? Parce que toi aussi, tu as entendu les deux mille nymphettes nous menacer de mort ? répliqua Roméo d'une voix cassante. Merci pour la nouvelle.

– Nous avons entendu le fil d'or, bien sûr, concéda Pierre. Mais avant qu'il se déclenche, le traître a fait une nouvelle victime… et pas n'importe qui !

D'autres Prétendants approchaient, posant sur Pierre Chapelier, pour qui ils avaient la plus grande estime, un regard mêlant la curiosité et la peur.

– Julius Maxima a été attaqué, révéla enfin celui-ci. Des nymphettes l'ont vu être transporté chez le Dr Soupont. Son arbre serait presque éteint ! J'ai surpris une conversation entre Tristan Boidoré et Peter de Nemours à ce sujet. D'après eux, très peu de personnes sont capables de brûler l'arbre d'un Élitien aussi expérimenté… À vrai dire, seuls les frères Estaffes ou le traître en personne posséderaient un arbre assez puissant !

– Le traître est de retour, balbutia Roméo.

Un lourd silence tomba bientôt dans la bibliothèque. Mathieu quitta son lit, sans oser révéler la vérité à ses amis. Il le ferait plus tard, à l'abri des indiscrets. En compagnie de sa petite sœur, qui avait rejoint la bibliothèque à son tour, il se réchauffa devant la cheminée.

Juliette d'Airain, sans prononcer un mot, faisait clapoter ses pieds dans l'eau. Autour de la cheminée, la glace fondait progressivement.

Au-dehors, derrière les fenêtres de la bibliothèque, des Cœurs noirs affrontaient l'hiver pour protéger les élèves d'une éventuelle attaque. Leurs épaules se couvraient de neige. Ils ressemblaient à des statues dressées là depuis toujours.

– Le traître n'a aucune chance de nous atteindre, Juliette, la rassura Mathieu en posant la main sur l'accoudoir de son fauteuil. Tu n'as rien à craindre. Je veille sur toi.

Il ne la regardait pas mais devina que ses sourcils se tordaient pour former deux accents circonflexes.

– Je n'ai pas peur du traître, répliqua la fillette.

Il ne s'attaquera pas à nous. Pas avec tous ces Cœurs noirs, pas sous les yeux du capitaine Louis Serra. Moi, je suis plutôt préoccupée par le combat d'arbres qui aura bientôt lieu. Je n'ai jamais pratiqué de combat d'arbres. J'ai lu beaucoup de livres à leur sujet, bien sûr... mais si jamais je n'étais pas à la hauteur ?

— Nous pouvons combattre l'un contre l'autre, si tu veux, proposa Mathieu. Moi non plus, je n'en ai jamais pratiqué.

Sans répondre, la petite Juliette consulta sa montre. Elle annonça, en se laissant glisser de son fauteuil :

— Il est bien tard. À demain, Mathieu.

— À demain.

Quand Mathieu se coucha dans son lit, les rideaux de Pierre, Roméo et Jurençon étaient déjà tirés. Il poussa un soupir : ses draps étaient trempés et, chaque fois qu'il bougeait, une petite cascade se déversait sur la glace, comme lorsqu'on essore un torchon. Perchée au sommet du lit, Adélaïde frissonnait sous ses ailes dorées. Dans toute la bibliothèque, les nymphettes s'étaient d'ailleurs blotties, en cachette, sous la couverture de Prétendants endormis pour mieux résister au froid.

Mathieu venait de poser la tête sur son oreiller quand il entendit des bruits de pas minuscules, cliquetant curieusement sur la glace. Il ouvrit le rideau de son lit et tomba nez à nez avec deux prunelles noires qui le dévisageaient d'un air pitoyable.

– Griffrigor ?

Le pauvre chat doré, abandonné neuf mois plus tôt dans l'école, avait les oreilles aplaties. Les griffes de ses pattes avant tentaient tant bien que mal d'avoir prise sur le sol. Il aurait attendri un ogre. Mathieu se leva pour le prendre dans ses bras. Mais à peine eut-il quitté son lit que Griffrigor bondit agilement, se coucha sur son oreiller et lui adressa un miaulement méprisant. Sans aucun doute, il signifiait : « Va te trouver un autre lit, imbécile. »

Sans se laisser impressionner, Mathieu sortit la petite clef fée de sa luide, cette clef capable de déverrouiller toutes les serrures du royaume. Il l'enfila soigneusement au collier du chat, comme une sorte de pendentif.

– Griffrigor, chuchota-t-il à son oreille d'un air menaçant, cette clef est *très* précieuse et personne ne doit mettre la main sur elle à part moi, c'est bien compris ? À présent, fais-moi une place, ou tu feras plus ample connaissance avec les huit mâchoires de Bougetou... et son unique estomac.

Le chat doré fit la sourde oreille et feula comme un tigre lorsque Mathieu s'allongea à son tour, la tête posée sur un recoin d'oreiller humide.

— En fait, murmura-t-il, merci pour ton aide, face aux Cœurs noirs... L'un d'eux se souviendra longtemps de tes griffes !

Le chat se mit à ronronner. Mathieu ferma les yeux, revivant la bataille survenue dans la matinée. Un détail qu'il avait ignoré jusque-là l'empêcha un moment de trouver le sommeil : ce Prétendant incroyable, qui avait vaincu un Cœur noir dans un combat d'arbres, qui était-il ? Peut-être Pierre ? Mais Mathieu ne pouvait imaginer Pierre Chapelier bravant l'autorité d'un gardien de l'école... Il plongea finalement dans le sommeil, en songeant cette fois-ci à Julius Maxima. L'arbre de l'Élitien survivrait-il à l'accident survenu dans la bibliothèque ? Et cet accident se reproduirait-il si Mathieu ne parvenait pas à contrôler son arbre doré ?

Chapitre 15
Au cœur du lac des Bannis

Dans la cheminée de la bibliothèque, les dernières bûches s'étaient consumées ; comme une armée muette, le gel se refermait tout autour de l'âtre, l'eau se figeait, la glace emprisonnait les pieds des lits et des fauteuils.

*

Dehors, l'hiver précoce engloutissait tout. Un faon jaillit de la forêt des Élitiens pour boire à la surface du lac des Bannis. En inclinant le cou, il ne vit que son propre reflet dans un miroir de glace.

Soudain le faon leva la tête, les oreilles dressées, comme à l'approche d'un prédateur. D'un bond, il disparut dans un buisson blanc de neige.

*

Dans la bibliothèque, Mathieu Hidalf dormait profondément, le visage enfoui dans la fourrure de Griffrigor. Une goutte d'eau tombait quelquefois des rideaux du lit. Sur le cœur de Mathieu, son arbre doré luisait faiblement.

Dans le lit voisin, Roméo Pompous ronflait; sous son oreiller, il serrait en secret son album de l'école de l'Élite.

Pierre Chapelier dormait lui aussi, d'un sommeil nerveux; il avait laissé les rideaux de son lit entrouverts. Quant à Octave Jurençon, les paupières closes, il s'était assoupi, une main posée sur son arbre doré, comme pour se réveiller plus vite en cas de danger.

*

Un des balcons de la bibliothèque était réservé aux jeunes filles, qui y avaient établi leurs lits. Juliette d'Airain s'éveilla brusquement. Ouvrant les yeux, elle se blottit dans sa couverture et jeta instinctivement un regard vers la salle, en contrebas. Elle resta bouche bée. Un faon, aux pattes si fines qu'elles semblaient près de se tordre, avançait péniblement sur la flaque gelée. La fillette se tourna vers les lits voisins pour partager sa découverte, mais tout le monde dormait profondément. Comment un faon était-il entré dans la bibliothèque malgré la surveillance des Cœurs noirs? Soudain, le pelage de l'animal étincela. Juliette se leva en vitesse et observa les allées de lits, plongées dans l'obscurité. Il fallait avertir Mathieu.

Quand la fillette atteignit le cœur de la bibliothèque, la lueur du faon s'était presque éteinte au loin. Les lits des garçons se dressaient dans les ténèbres, silencieux. Elle reconnut celui de son frère ; la glace autour de son sommier y était plus épaisse. Elle allait ouvrir les rideaux, lorsqu'une voix endormie l'appela :

— Juliette ? Que fais-tu debout ?

Elle tourna la tête ; c'était Pierre Chapelier. Elle avait toujours eu pour lui la plus grande estime, du temps où il venait fréquemment au manoir Hidalf.

— Pierre, il y a un drôle de faon dans la bibliothèque. Son pelage brille...

— Il brille ? répéta Pierre, stupéfait.

Griffrigor se redressa, puis il poussa un miaulement étrange. Roméo remua dans le lit voisin. Octave Jurençon ouvrit brusquement les yeux. Son réveil indiquait que Mathieu rêvait de la Foudre fantôme. Et Mathieu, justement, dormait d'un sommeil profond. La petite Juliette recula alors d'un pas en sentant le sol vibrer sous ses pieds.

— La glace, murmura-t-elle en montrant le sol du doigt. Elle se fend !

En effet, la couche de glace qui couvrait le plancher de la bibliothèque se fendillait de part en part. Griffrigor poussa un miaulement effaré qui réveilla la moitié de la bibliothèque. Le chat s'apprêta à bondir du lit de Mathieu. Mais il était trop tard.

En une seconde, comme soufflés par le vent, tous les lits disparurent de la bibliothèque. Mathieu dormait encore lorsque le sien fut emporté. À peine éveillé, Roméo avait essayé vainement de se jeter à terre. Pierre tendit inutilement la main vers Juliette d'Airain. La fillette, horrifiée, tendit la main à son tour. Elle effleura les doigts du Prétendant avant qu'il disparaisse.

*

Mathieu Hidalf voulut hurler. Le cri qu'il poussa ne quitta jamais le bord de ses lèvres. Il sentit un froid effroyable le transpercer. Un torrent se déversa dans ses poumons. Les rideaux de son lit se déployèrent comme deux voiles flottant dans les airs. L'obscurité était totale. Il battit des bras. Il avait atterri dans l'eau.

En une fraction de seconde, Mathieu comprit où il se trouvait : le lac des Bannis ! Son lit avait été renvoyé au fond du lac. L'eau était si fraîche que ses muscles se raidirent. Quelque chose lui taillada le bras ; il aperçut un bref instant le pelage doré de Griffrigor. Un éclat de panique phénoménal animait l'œil du chat, qui remontait à la surface à toute vitesse. Le cœur de Mathieu fit un bond quand il vit Griffrigor se heurter à un plafond de glace. Ils étaient prisonniers du lac. Et Mathieu allait rejoindre son lit, en bas, tout en bas, au plus profond de l'eau noire. Quelqu'un avait-il seulement remarqué sa disparition ?

Soudain, des filaments s'illuminèrent autour de lui. Mathieu resta abasourdi, reconnaissant les branches d'un arbre doré : celui de Roméo Pompous. Il découvrait que son lit n'avait pas été envoyé seul dans le lac. Un frisson le saisit, mais cette fois pas à cause de l'eau glacée : des dizaines, peut-être des centaines d'arbres dorés se dessinaient. La moitié de l'école semblait avoir subi le même sort que lui et, à mesure que les élèves pris au piège se noyaient, leur arbre étincelait davantage. Alors, la petite Adélaïde s'extirpa des draps, en même temps que des dizaines de nymphettes prises au piège. Ses ailes frigorifiées diffusaient une lumière stupéfiante, augmentée par la panique. Mathieu sentait son arbre le brûler comme une flamme ; des dizaines et des dizaines de lits ne cessaient d'apparaître dans les profondeurs ; puis il vit des algues anormalement longues et visqueuses. Déjà, l'air lui manquait. Au-dessus de lui, il voyait les nymphettes s'écraser contre la surface gelée dans des gerbes lumineuses, tandis que des dizaines de réveil *À quoi rêve Mathieu Hidalf ?* glissaient des lits.

*

Au milieu de la bibliothèque, Juliette d'Airain dérapa sur la flaque qui couvrait le sol. Lorsqu'elle se releva, son petit arbre doré brillait de mille feux. Un tremblement violent la parcourut. La bibliothèque était déserte. Le labyrinthe de lits qui la remplissait depuis plus d'un an avait entièrement disparu.

Au milieu, à découvert, le faon s'était couché sur la glace.

Juliette d'Airain se tourna vers les portes closes. Elle entendait à présent, résonnant dans la galerie voisine, les pas des Cœurs noirs. Les gardiens n'avaient rien remarqué. Alors, Juliette retrouva son souffle et poussa un cri aigu de petite fille. Le faon n'avait pas quitté sa place. La double porte s'ouvrit immédiatement. Tristan Boidoré y entra devant trois Cœurs noirs. La question : « Que se passe-t-il ? » qu'il s'apprêtait à poser resta bloquée dans sa gorge à la vue de la salle déserte. Il fit volte-face pour hurler dans la galerie du troisième étage :

– Les lits des Prétendants ont disparu !

Il fallut une seconde avant que le fil d'or s'embrase. Tristan ne lui prêta aucune attention et courut jusqu'à Juliette d'Airain, manquant de glisser sur le sol à deux ou trois reprises. Il prit la fillette dans ses bras.

– Juliette, que s'est-il passé ?

La petite Prétendante observait le faon, couché à l'emplacement que le lit de Mathieu avait occupé. Trois empreintes, laissées par les pieds du lit, se remplissaient peu à peu d'eau et commençaient à geler.

— « Vous subirez le sort des Bannis », dit Juliette. Le traître a envoyé leurs lits dans le lac !

Livide, Tristan se redressa à la vitesse de l'éclair et traversa la bibliothèque. Dans le couloir, il bouscula plusieurs Cœurs noirs et tomba nez à nez avec sa tante, la comtesse Armance Dacourt.

— Tristan…, balbutia-t-elle.

— Le traître ! hurla-t-il. Il a envoyé tous leurs lits au fond du lac des Bannis ! Le lac est gelé, Armance !

À ces mots, la directrice se tourna vers le fil d'or.

— Ordre à toutes les nymphettes de quitter leur poste et de rejoindre le lac des Bannis ! rugit-elle.

Les clignotements cessèrent à l'instant dans l'école de l'Élite. Une clarté stupéfiante les remplaça. Deux mille nymphettes quittaient leurs crochets noirs et se déversaient dans les galeries plus lumineuses qu'en plein jour.

Tristan Boidoré n'avait jamais couru si vite, pas même pour échapper à sa tante lorsqu'il lui était arrivé de faire entrer Juliette d'Or en cachette dans l'école. Atteignant le dortoir des Élitiens, une tour aux tuiles fendues à partir de laquelle tous les lits pouvaient être déplacés, il tomba nez à nez avec une silhouette noire. Craignant d'avoir affaire au traître, il tira son épée. Mais Louis Serra en personne se dessina dans l'ombre, le visage déformé par l'effroi. Le capitaine fit apparaître son lit au milieu du dortoir. Tendant une plume argentée à Tristan Boidoré, il ordonna, d'un ton sans réplique :

– Envoie-moi au fond du lac des Bannis.

*

Les lits des Prétendants avaient flotté quelques secondes, comme en suspension, à quelques mètres sous la surface. Ils disparaissaient maintenant dans les profondeurs du lac des Bannis. À côté de Mathieu, Adélaïde, les joues gonflées, battait tout doucement des ailes, comme au ralenti.

Soudain vint de l'extérieur un éclat aveuglant, qui, traversant la couche de glace, révéla les silhouettes de dizaines de Prétendants prisonniers. Mathieu vit Roméo, à côté de lui, qui se protégeait les yeux du dos de la main. Au-dessus d'eux, des centaines de nymphettes élitiennes survolaient le lac, bataillant pour qu'une aube inattendue se lève sur la nuit. C'était les nymphettes du fil d'or, envoyées par la comtesse Dacourt. Mais les fées ne pouvaient que constater la catastrophe.

Mathieu observa alors les Prétendants qui l'entouraient. Ils étaient des dizaines, flottant autour de lui, à frapper vainement le couvercle de glace. Il ne vit pas Juliette d'Airain parmi eux. À vrai dire, il n'était pas certain qu'elle sache seulement nager. Pris de panique, il s'enfonça dans les ténèbres, à l'opposé des autres élèves, pour tâcher de retrouver sa sœur. Un Prétendant qui, curieusement, portait son capuchon sous l'eau, tenta de le retenir. Mathieu se demanda un instant si ce n'était pas celui qui l'avait aidé pendant la bataille contre les Cœurs noirs. Soudain, l'élève mystérieux le lâcha et porta secours à un garçon qui se noyait : Mathieu reconnut avec effroi les cheveux bouclés de Roméo, qui avait perdu connaissance.

Profitant du départ du Prétendant masqué, Mathieu descendit dans les profondeurs. Sa petite sœur était là, quelque part, prisonnière du lac. Il s'accrocha à un lit qui coulait à pic afin de fournir le moins d'effort possible, tandis qu'Adélaïde livrait ses dernières forces pour l'éclairer. Sa lumière décroissait peu à peu, à mesure qu'elle approchait du fond du lac.

Mathieu vit bientôt un lit autour duquel flottaient des dizaines de livres. Seule Juliette d'Airain était capable de dissimuler une telle bibliothèque sous sa couverture. Il s'en approcha, sentant le sang battre à ses tempes et ses oreilles bourdonner. C'était bien le lit de la petite Juliette. Il était vide et il n'y avait aucune trace de la fillette aux alentours. Elle devait être bloquée par la glace, là-haut, tout là-haut, bien au-dessus de Mathieu. Alors, la lueur d'Adélaïde, de plus en plus faible, éclaira un autre lit. Mathieu y lut, stupéfait :

PROPRIÉTÉ DE MARIE-MARIE
DU CHÂTEAU BOISÉ

La jeune fille était donc élève de l'école ? Et il disparaîtrait sans l'avoir croisée une dernière fois. Non loin, il aperçut une silhouette agile comme celle d'une sirène. Il s'agissait du Prétendant portant un capuchon. Mathieu lui fit un signe, pour réclamer son aide. Mais le mystérieux élève était trop loin. La lueur d'Adélaïde faiblit encore. La fée replia lentement ses petites ailes dorées et s'éteignit.

Mathieu ne voyait que du noir sous lui. Là-haut, au contraire, les nymphettes du fil d'or qui survolaient le lac faisaient baigner ses eaux dans une lumière dorée. Un lit qu'il ne vit pas venir le toucha à l'épaule. Mathieu s'enfonça encore. Il réussit à attraper Adélaïde et la plaça à l'intérieur de sa luide. Ses forces l'abandonnèrent. Il tendit désespérément la main vers les autres Prétendants, puis coula. Il rejoindrait son lit qui n'avait quitté sa place, au fond du lac, que pour une journée. Son arbre brilla intensément, et Mathieu put lire le nom et le prénom inscrits sur le lit qui venait de le heurter : LOUIS SERRA.

Il fermait les yeux, inerte, quand une main l'attrapa. Entrouvrant les paupières, Mathieu aperçut un arbre doré stupéfiant, qui éclairait le visage du capitaine des Élitiens. Mathieu comprit confusément que Louis Serra s'était envoyé dans le lac des Bannis pour le secourir. Le capitaine attacha une montre à son poignet, une montre familière, au cadran vert et aux aiguilles rouges. Mathieu ne résista pas. La force lui manquait. Louis Serra, à toute vitesse, régla l'heure de la montre. « Pourquoi régler une montre à un moment pareil ? » pensa Mathieu. Soudain, une fois les aiguilles en place, Mathieu sentit une déflagration curieuse. Son cœur s'était arrêté net. Son arbre doré s'éteignit. Il chuta comme une pierre dans les profondeurs, sous le regard de Louis Serra, qui remonta vers la surface.

Le corps de Mathieu Hidalf effleura de longues algues puis tomba à quelques mètres de son lit délabré, dans un champ de petites plantes aquatiques qui ondulaient sous l'effet d'un courant sous-marin. Un cœur battait encore sous sa luide, faiblement : le petit cœur d'Adélaïde.

Quelques instants plus tard, le capitaine Louis Serra avait atteint la couche de glace qui recouvrait le lac. Il déploya toute la puissance de son arbre doré. Son cœur s'illumina comme un millier de nymphettes et dégagea une telle chaleur que, brusquement, la glace se morcela à la façon d'un œuf qui éclôt.

Aussitôt, les Élitiens et les Cœurs noirs réunis sur la berge se jetèrent à l'eau, tandis que les innombrables nymphettes du fil d'or continuaient de survoler le lac pour repérer tout Prétendant en péril. Plusieurs d'entre elles n'hésitèrent pas à plonger dans les flots noirs. Comme lorsqu'elles constituaient le fil d'or, les fées clignotaient dès qu'elles repéraient un élève sans connaissance.

L'une d'elles, Anastasia, descendit plus bas que toutes les autres. Dans une forêt d'algues, elle repéra une silhouette. La fée plongea entre les herbes et éclaira le visage blanc, qui semblait endormi pour sept ans, de Mathieu Hidalf. À bout de souffle, elle envoya un signal lumineux dans la nuit des profondeurs, espérant qu'on l'apercevrait. Dix nymphettes la rejoignirent. Chacune, sans consulter sa voisine, agrippa un pan de la luide de Mathieu Hidalf et remonta, employant toutes ses forces, vers la surface.

*

Sur la berge, à côté de Juliette d'Airain, un chat doré trempé jusqu'aux os poussait des miaulements plaintifs en direction du lac.

La petite fille vit bientôt trois Cœurs noirs en

sortir le corps de son frère. Elle remarqua immédiatement la montre qui étincelait à son poignet. La montre de mort du roi Charles Fou X, que Mathieu avait utilisée pour tricher, lors de sa rentrée à l'école de l'Élite.

– Griffrigor, chuchota-t-elle, Mathieu est mort ! Mais seulement pour quelques minutes, rassure-toi.

À ces mots, le chat rejoignit le corps étendu de Mathieu et épousseta son pelage doré juste sous son nez.

Chapitre 16
La bibliothèque du Vitrail

Louis Serra prit Mathieu Hidalf dans ses bras et traversa les rangées de Prétendants à grands pas. Passant devant la comtesse Armance Dacourt, il ordonna, d'un ton qu'il n'avait pas coutume d'employer :

— J'emporte Mathieu Hidalf dans la bibliothèque du Vitrail. Que les Cœurs noirs ne laissent personne approcher. Personne, c'est entendu ?

— Je crois que Mathieu Hidalf a besoin d'un médecin et de repos, répliqua la directrice.

— Mathieu Hidalf a besoin de savoir la vérité. Et nous aussi.

L'Élitien ignora l'expression sévère de la comtesse et s'enfonça dans l'école, en portant Mathieu, toujours inconscient. Plusieurs Prétendants, trempés des pieds à la tête, les regardèrent passer en silence.

*

Mathieu ouvrit les yeux, sentant une chaleur vive envahir sa luide. L'image du lac des Bannis lui revint aussitôt en mémoire. Il était assis dans un fauteuil. À son poignet, il reconnut la montre de mort de Charles Fou X. Il comprit vaguement que l'incroyable montre lui avait sauvé la vie : elle était capable de tuer quelques instants son porteur, et il avait été frappé par son sortilège juste avant de se noyer réellement.

— Juliette, dit-il en claquant des dents.

— Juliette d'Airain est saine et sauve, annonça la voix rassurante de Louis Serra. Elle n'a pas été envoyée dans le lac des Bannis.

Mathieu reprit peu à peu son souffle et parcourut la salle du regard. À en juger par la courbure des murs, il devait s'agir d'une tour. Une chose était certaine, il n'y avait jamais pénétré. Sept vitraux lumineux perçaient les murs. De part et d'autre de chacun d'eux montaient jusqu'au sommet de la tour des étagères garnies de livres. Sur un bureau s'élevait une pile de documents. Un perchoir réalisé pour trois nymphettes avait été installé au-dessus d'un fauteuil. Seul un chandelier, posé sur une étagère, éclairait la silhouette noire de Louis Serra. Tournant le dos à Mathieu, il observait le septième vitrail, où était représenté l'Arbre doré des Élitiens : un arbre plus grand que

Louis Serra, sur lequel se déployaient des centaines de branches. Il rappela aussitôt à Mathieu la Carte dorée, détenue par Julius Maxima.

– C'est peut-être la première fois qu'un Prétendant accède à la bibliothèque du Vitrail, dit Louis Serra.

Il se retourna ; comme Mathieu, il était trempé. Des filaments de gel prolongeaient ses cheveux noirs.

– Est-ce que tout le monde s'en est sorti ? murmura Mathieu en s'efforçant de ne pas claquer des dents. Est-ce que le traître a été démasqué ?

– Non. Mais nous avons un mystère plus urgent à résoudre.

Le capitaine approcha du fauteuil dans lequel Mathieu était assis.

– Je n'ai pas su te protéger du traître, Mathieu. Je n'ai pas été là quand tu as prononcé le Serment noir. Je n'ai pas été là lorsque la Foudre fantôme a chuté dans les ténèbres. Je n'ai pas été là non plus lorsque tu as appris ton bannissement. J'ai tout fait pour te réveiller. J'ai tenté de rompre le sortilège de sommeil, la première nuit. J'ai voulu rencontrer la grand-mère édentée par la suite. Mes efforts ont été inutiles. À présent, je serai là. Jusqu'à la fin.

Mathieu garda le silence. Chaque fois qu'il avait été seul avec le capitaine, Louis Serra avait été rassurant par sa gravité. Cette nuit, il y avait, dans sa retenue, dans ces paroles mesurées, quelque chose d'effrayant, quelque chose de terrible.

— Tu as compris, lorsque Julius Maxima a ausculté ton arbre, qu'il s'est produit une chose imprévue. L'arbre que tu portes n'est pas le tien, Mathieu. Mais j'ai une idée précise de la personne à qui il appartient. Je dois à présent en avoir la certitude. Nous ne pouvons plus attendre.

Mathieu fut saisi d'un léger tremblement. Louis Serra avait tourné les yeux vers le septième vitrail. Un nom scintillait sous chacune des branches, comme sur la Carte dorée. Plusieurs d'entre elles étaient légèrement noircies. À la vitesse de l'éclair, Mathieu rechercha celles de Pierre, Roméo et Jurençon. Elles brillaient encore ; ses trois amis étaient donc sortis sains et saufs du lac. Il poussa un soupir de soulagement.

— Je vais attaquer ton arbre, annonça Louis Serra le plus naturellement du monde. Pour le faire réagir. Ta branche étincellera alors sur le vitrail.

Mathieu se leva à son tour, mais pour s'éloigner du capitaine. Il ne s'arrêta qu'une fois bloqué par les murs de la tour.

— Je refuse. Qu'arrivera-t-il si mon arbre doré détruit le vôtre, comme il a détruit celui de Julius Maxima ? J'ai moi aussi une idée de ceux qui ont réveillé mon arbre… Ce sont les frères Estaffes en personne. Je le sais. Et s'ils l'avaient réveillé pour vous atteindre ? Et si leur plan se déroulait exactement comme prévu ? Et s'ils n'attendaient que ce moment : celui où vous ausculterez mon arbre ?

Louis Serra était à présent froid, presque menaçant, sa silhouette se détachant à la lueur des vitraux.

— Les frères Estaffes ? J'ai d'abord pensé, moi aussi, qu'ils avaient réussi la prouesse de faire renaître l'un de leurs arbres sur ton cœur. Pour m'atteindre, moi ou un autre. Mais j'ai compris ce soir que j'avais fait fausse route.

Mathieu sentit soudain le poids du regard de Louis Serra posé sur son cœur, et sur cet arbre mystérieux qui l'avait tiré du maléfice de sommeil. Derrière l'Élitien, trois fées Helios, sur un grand vitrail, semblaient également le scruter avec attention. Comme toutes les représentations d'Helios, elles étaient jeunes, pâles, d'une beauté parfaite, presque dérangeante.

— Et si mon arbre détruit tout de même le vôtre ? insista Mathieu.

— Julius Maxima est un Élitien remarquable. Mais sans vouloir me vanter, mon arbre doré est cent fois plus puissant que le sien. Il résistera.

La silhouette de Louis Serra vacillait légèrement à la lueur du chandelier. Mathieu respira profondément et se rapprocha du centre de la salle. Louis Serra ne l'avertit même pas. Un éclair doré zébra la tour. Immédiatement, la glace qui couvrait l'arbre du capitaine fondit, tout comme celle qui emprisonnait celui de Mathieu. Il avait le sentiment curieux que le sol se dérobait sous ses pieds, se fragmentait, comme soulevé par un tremblement de terre. Il inclina la tête : ce n'était pas qu'une impression. Il reculait, repoussé par une force extraordinaire. Des éclairs frappaient à présent la bibliothèque, aussi lumineuse que le lac des Bannis lorsque deux mille nymphettes l'avaient survolé. Au-delà des éclairs, Mathieu distinguait la silhouette impassible de Louis Serra. Droit, immobile, calme, l'Élitien semblait résister à la tempête sans la moindre peine. Tout autour de lui, les vitraux scintillaient à présent d'un éclat stupéfiant, menaçant d'éclater.

– Mathieu, cria Louis Serra pour dépasser le tumulte, ton arbre est en train de puiser une énergie phénoménale dans le véritable Arbre doré. Tu ne parviens pas à la canaliser car elle est trop grande. Tu dois réussir à renvoyer cette énergie dans l'Arbre doré, pour n'utiliser que celle dont tu as besoin. Tu me comprends ?

Mathieu avait beau essayer de contenir la lumière de son arbre, sa mâchoire était crispée par la douleur, son front luisait de sueur, et ses pieds dérapaient constamment sur le sol, l'éloignant de plus en plus de Louis Serra. Dans sa luide, il sentit alors quelque chose frémir. Un cœur se mit à battre par-dessus le sien. Il devina qu'Adélaïde, enfouie là, venait de revenir à elle. Elle devait se croire au milieu d'un orage.

– Mon arbre brûle, capitaine ! cria-t-il.

Alors, Louis Serra se tourna vers le vitrail aux centaines de branches. Deux d'entre elles étaient devenues incandescentes. Mathieu essaya lui aussi d'observer le vitrail, mais à cet instant, dans un silence effrayant, les deux arbres s'éteignirent. La force incroyable qui repoussait Mathieu en arrière disparut si brusquement qu'il tomba en avant. Le souffle provoqué par le combat avait éteint le chandelier. Lorsque Mathieu releva la tête et balbutia : « Capitaine ? », il crut un instant que l'Élitien avait subi le même sort que Julius Maxima. Mais il distingua rapidement le contour de sa silhouette. Louis Serra n'avait pas bougé, pas plus qu'un chêne face à une brise légère. Immobile à la place qu'il avait occupée depuis le début du combat, il s'était contenté de mettre fin à l'affrontement.

Mathieu sentit son cœur battre à tout rompre. Sur le vitrail, deux branches crépitaient, comme chauffées à blanc, se détachant sur les carreaux dorés aussi nettement que deux éclairs dans un ciel noir. La première branche était celle de Louis Serra, bien entendu. La seconde se trouvait parmi celles des Élitiens, et non pas à la cime, là où se dressaient les branches plus fragiles des Prétendants. Était-il possible qu'un Élitien ait donné son arbre doré à Mathieu ? Mais lequel ? Il s'approcha de Louis Serra, cherchant le nom de celui à qui appartenait cette branche, *sa* branche. Il ne tarda pas à constater qu'aucun nom ne lui était attribué. Louis Serra entoura son épaule d'une main ferme et protectrice, comme s'il s'apprêtait à lui apprendre une nouvelle grave.

— L'Arbre doré a compté plus de dix mille branches au cours des siècles, expliqua-t-il. Une seule ne porte aucun nom. Une seule refuse de trahir l'identité de son maître. Une seule apparaît sur toutes les représentations de l'Arbre, les plus anciennes comme les plus récentes, comme si elle avait survécu à quatre siècles d'histoire : la branche mystère.

Mathieu sentit un frisson le parcourir lorsque Louis Serra annonça d'une voix douce, qui résonna pourtant dans la petite bibliothèque :

— C'est ce que j'avais imaginé. Tu portes l'arbre le plus puissant et le plus mystérieux jamais créé dans l'histoire de l'école. L'arbre du premier Élitien.

*

Les yeux noirs de Mathieu étaient fixés sur la branche sans nom. Il avait entendu les paroles de Louis Serra sans vraiment les comprendre.

Instinctivement, il tourna la tête vers le premier des sept vitraux, qui représentait le premier Élitien et son épouse. Qui était cet homme, vêtu d'une luide, faisant face à trois fées helios ? Derrière lui, Louis Serra ralluma le chandelier.

– L'heure est venue de te dire la vérité, Mathieu. Que sais-tu exactement du premier Élitien ?

Par bonheur, Mathieu avait découvert plusieurs éléments sur cet homme mystérieux, lorsqu'il avait dû capturer la Foudre fantôme pour accomplir son épreuve du Premier Mois, un an plus tôt.

– Je sais qu'il a fondé l'école le jour de son mariage avec la comtesse Boidecœur, déclara-t-il. C'était il y a quatre siècles. Ce jour-là, le premier Élitien captura une jeune biche. Une biche extraordinaire : elle deviendrait, des années plus tard, la célèbre Foudre fantôme. L'Élitien la trouva si gracieuse qu'il décida de l'épargner...

Tout en parlant, Mathieu prenait conscience qu'il y avait là quelque chose d'insensé. Il était bien placé pour savoir que rien ni personne n'était capable d'attraper la Foudre fantôme contre son gré. Comment le premier Élitien y serait-il parvenu, et presque par hasard ?

– Mais la Foudre fantôme n'était pas une créature ordinaire, continua-t-il. Elle était un animal sacré du peuple helios. Pour remercier le premier Élitien d'avoir épargné cette biche, trois fées helios assistèrent aux noces. Chacune fit un vœu, qu'elle accorda à l'école de l'Élite. La première créa l'Arbre doré. La deuxième chargea la Foudre fantôme de veiller sur le cœur des Élitiens.

Tandis qu'il récitait sa leçon, Mathieu se rendait compte que les vitraux imageaient cette même histoire. Sur le premier figuraient le premier Élitien et son épouse. La Foudre fantôme était couchée à leurs pieds. Sur le deuxième, les trois fées helios tendaient les bras en signe de gratitude. Sur le troisième vitrail, ces fées plantaient un petit arbre doré. Derrière le tronc, on apercevait le premier Élitien et son épouse, puis, au loin, la silhouette de la Foudre fantôme. Mathieu tourna lentement la tête vers le quatrième vitrail. Il était plus sombre. Un nouveau personnage y était représenté. Vêtue d'une robe verte, une femme pointait un doigt menaçant sur l'Arbre doré, à moins que ce ne fût sur le premier Élitien lui-même.

– Mais alors, poursuivit-il, une autre fée helios troubla les noces. Une fée connue sous le nom de Circé. Elle jura d'anéantir le premier Élitien, son épouse, leur descendance et, bien sûr, le symbole de l'école : l'Arbre doré.

Le regard de Mathieu glissa en même temps que celui de Louis Serra sur le cinquième vitrail. On y voyait Circé de profil, brandissant le bras en direction de l'Arbre doré comme si elle jetait une malédiction. Un éclat de lumière semblait jaillir de sa paume ouverte. Sur le même vitrail, les trois bonnes fées et le premier Élitien avaient l'air effrayés.

— La légende prétend que Circé jeta un maléfice sur l'école, raconta Mathieu. Elle prédit que les Élitiens, victimes de son maléfice, se détruiraient les uns les autres, contre leur gré, sans même qu'ils en aient conscience. Mais ce maléfice ne frappa jamais l'école… Alors, des siècles plus tard, des Helios partisans de Circé voulurent achever ce qu'elle avait commencé. Ils envoyèrent six enfants dans l'école. Les six frères Estaffes. Ils cachèrent leur véritable identité et s'efforcèrent de découvrir le maléfice de Circé, pour qu'il se répande parmi les Élitiens et les détruise.

Mathieu se tut. Louis Serra avait gardé le silence en l'écoutant. Un long moment encore, il demeura plongé dans ses pensées, comme s'il réfléchissait au sens à donner à cette lointaine histoire.

— Tu as bien appris tes leçons, dit-il enfin, je suis surpris.

— Si ma petite sœur était ici, vous ne trouveriez pas que je la connais si bien que ça.

— Voici à présent une version légèrement différente de la fondation de l'école, que ta petite sœur elle-même ne connaît pas. Tu pourras te vanter de la lui avoir apprise. Le premier Élitien n'a jamais capturé la Foudre fantôme, Mathieu. Il en aurait été incapable. C'est la Foudre fantôme qui est venue trouver le premier Élitien. Tu as dû remarquer que tout ce qui est au cœur de l'école de l'Élite est d'origine helios. La raison en est très simple : le premier Élitien n'était pas un homme, Mathieu. Il était évidemment un Helios. Et depuis le premier jour, l'école de l'Élite oppose les Helios entre eux. Les uns se battent pour la protéger ; les autres, pour la détruire.

Mathieu osait à peine bouger, les yeux rivés sur la haute silhouette de Louis Serra.

— Un Helios ? répéta-t-il. Le premier Élitien ? Mais alors… pourquoi Circé et les frères Estaffes veulent-ils détruire l'école ?

— Tout commence comme dans un conte, expliqua Louis Serra. De la même manière qu'un prince tombe amoureux d'une bergère, le premier Élitien tomba amoureux d'une femme. D'une femme qui n'appartenait pas à son peuple : la comtesse Boidecœur. Mais les lois helios leur interdisent d'aimer de simples êtres humains. Le premier Élitien aurait dû renoncer à la comtesse Boidecœur. Il préféra tenter l'impossible. Il quitta son peuple. Il déguisa son identité. Il ne révéla à personne quelle était sa véritable origine. Quand il crut qu'il avait réussi à se faire oublier des siens, il épousa la comtesse. La Foudre fantôme, une biche sacrée, choisit le camp du premier Élitien, ainsi que trois fées helios. Elles créèrent l'Arbre doré. Au commencement, cet arbre devait protéger le premier Élitien et sa descendance. Il devint le symbole de l'Élite. Tu connais la suite de l'histoire…

Louis Serra et Mathieu se tournèrent en même temps vers le sixième vitrail. Il en existait une copie dans l'école. Il représentait une tour robuste, devant laquelle se tenaient le premier Élitien, son épouse et la Foudre fantôme.

– Les Helios découvrirent que l'un des leurs les avait trahis, en s'unissant à une simple femme.

Les vitraux semblaient maintenant révéler une tout autre histoire. Mathieu n'avait pas pris garde aux mains du premier Élitien et à celles de son épouse, qui s'effleuraient sans cesse. Il n'avait pas remarqué leurs regards, toujours tournés l'un vers l'autre, ni même la silhouette de la Foudre fantôme, qui semblait veiller sur eux.

– Circé lança bel et bien un maléfice, puis elle disparut dans un combat qui l'opposa au premier Élitien, confirma Louis Serra. Mais, dorénavant, celui-ci savait que les Helios attaqueraient à nouveau. Pour se protéger, il inventa une grille infranchissable : la Grille épineuse. Il conçut un sortilège capable de recouvrir l'école en moins d'une heure : le sortilège de Ronces. Il créa un labyrinthe redoutable : celui des Bannis. Puis il s'enferma avec son épouse dans une tour secrète, dont l'accès était seulement connu de quelques Élitiens : la tour Disparue.

Mathieu aurait sans doute surpris Louis Serra en lui révélant qu'il connaissait cette tour presque par cœur. Il avait découvert comment s'y rendre un an plus tôt avec Pierre, Roméo, Jurençon, Tristan Boidoré et sa mère.

— Le premier Élitien et son épouse vécurent cachés, à l'abri des Helios, pendant un an, poursuivit Louis Serra. Ils eurent un enfant. Mais les Helios découvrirent l'emplacement de la tour Disparue. Ils empoisonnèrent l'épouse du premier Élitien. La nuit qui suivit, leur bébé disparut et le premier Élitien fut retrouvé mort, allongé dans son lit, sans le moindre symptôme : son cœur avait simplement cessé de battre. Il fut inhumé dans la tour Disparue, et les Helios pensèrent l'avoir détruit.

Le septième vitrail, qui représentait l'Arbre doré, avait repris une teinte ordinaire. La branche sans nom de Mathieu et celle de Louis Serra brillaient à présent avec la même intensité que les branches voisines.

— Capitaine, pourquoi la branche du premier Élitien n'est-elle pas tombée le jour où il a été assassiné par les Helios, dans la tour Disparue ?

— Parce que le premier Élitien n'est pas mort ce jour-là.

Louis Serra fit un pas en direction de Mathieu et retira la montre verte aux aiguilles rouges, qu'il avait glissée à son poignet.

— Tu connais parfaitement cet objet magique, devenu célèbre grâce à toi : la montre de mort. Cette montre tue celui qui la porte pendant quelques minutes, ou quelques heures. Elle a été créée il y a quatre siècles pour l'usage du roi Charles Fou X. Un grand ami du premier Élitien. Je suis persuadé que ce dernier a utilisé la montre de mort : il a été enterré *vivant* avant de fuir avec son enfant, pour échapper à jamais aux Helios.

À chaque mot, le cœur de Mathieu faisait un bond dans sa poitrine.

— Roméo avait raison ! s'exclama-t-il.

Roméo, qui était celui d'entre eux qui connaissait le mieux la tour Disparue pour y avoir été enfermé toute une nuit, avait découvert que la tombe du premier Élitien était vide. Un escalier dérobé, bâti dans son caveau, conduisait d'ailleurs hors de l'école. Le premier Élitien avait bel et bien contrefait sa mort, grâce à une montre que Mathieu avait eue entre les mains à plusieurs reprises, et à laquelle il devait d'être encore en vie ce soir-là.

— Mais alors…, balbutia-t-il en se tournant vers Louis Serra, si la branche du premier Élitien a tenu sur l'Arbre doré jusqu'à mon réveil, c'est que… le premier Élitien est toujours vivant ?

Mathieu s'interrompit. Les mots restaient bloqués dans sa gorge. Son regard, à la vitesse de l'éclair, parcourut chacun des six vitraux représentant le premier Élitien.

– Oui, conclut Louis Serra. Il a survécu, siècle après siècle, pour deux raisons : parce qu'il est un Helios, bien sûr. Mais pas uniquement. Aucun Helios ne peut vivre si longtemps. C'est son arbre doré extraordinaire qui a donné au premier Élitien la force de survivre. Et il a choisi de te léguer cet arbre, Mathieu. Autrefois, les Élitiens transmettaient leur arbre à celui qu'ils trouvaient digne d'entrer dans l'école. C'est une pratique qui n'a plus cours depuis longtemps. Mais l'arbre du premier Élitien étant plus vieux que les nouvelles lois, il a pu te choisir pour le porter à sa place. Il s'est alors produit une chose étonnante. Cet arbre a réveillé une part de celui que tu possédais avant de prononcer le Serment noir ; c'est pourquoi il compte le même nombre de branches qu'autrefois. Il reste deux questions auxquelles je ne peux pas répondre. Mais je ne doute pas que les réponses viendront bientôt. Pourquoi le premier Élitien a-t-il choisi de se sacrifier pour toi ? Et qui est-il ?

– Se *sacrifier* ? répéta Mathieu.

Il recula lentement, s'éloignant du bureau et de Louis Serra. Le capitaine avait été clair : le premier Élitien n'avait pu survivre jusqu'à ce jour que parce qu'il possédait son arbre doré. Ce que Mathieu n'avait jamais voulu voir prit soudain sens dans son esprit. Tout s'articula comme dans un puzzle auquel il manque des pièces depuis toujours. Mathieu sentit sa poitrine suffoquer. Il avait l'air aussi sombre qu'aux heures de ses plus terribles machinations. Mais cette fois-ci, il découvrait la machination d'un autre. La machination d'un génie, qui avait duré quatre siècles.

— Capitaine, existe-t-il un moyen de résister à un sortilège de sommeil ?

— Aucun.

— Même si quelqu'un dort déjà, il ne peut pas résister au sortilège ?

— Au contraire, si une personne dort déjà, sa résistance sera moindre.

— Et les Helios sont capables d'y résister plus longuement que nous, n'est-ce pas ?

Louis Serra lui-même retint sa respiration, comprenant que Mathieu avait une idée de l'identité du premier Élitien.

— C'est lui qui a mis mon père sur la piste de la montre de mort, pour qu'il l'offre au roi, il y a deux ans…, se souvint Mathieu. Il avait deviné que ma première épreuve consisterait à attraper la Foudre fantôme ! Et alors que j'allais échouer, c'est lui qui m'a révélé l'emplacement de la tour Disparue.

Sa voix n'était plus qu'un murmure lorsqu'il ajouta :

— Le soir où je me suis endormi, il y a neuf mois, il était le seul habitant du manoir à avoir résisté au maléfice de sommeil. La dernière chose qu'il m'a dite, c'est qu'il me réveillerait s'il le fallait. Puis il a simplement ajouté : « *Adieu*, Mathieu Hidalf. » Il savait qu'il me donnerait son arbre… et que cela lui coûterait la vie. Maître Magimel…

Louis Serra se redressa encore plus vite que Mathieu.

— Suis-moi.

Ils s'engagèrent sous la voûte noire de l'escalier, dans lequel une nymphette, la fidèle Javotte, montait la garde.

— Javotte, j'attends la petite Juliette d'Airain dans le vestibule. Après quoi fais prévenir Juliette d'Or, dans l'école de danse. Je veux qu'elles soient conduites au manoir Hidalf avec Mathieu dans les plus brefs délais.

La fée disparut à la vitesse de l'éclair sans demander la moindre explication.

*

Lorsque Louis Serra et Mathieu Hidalf atteignirent le vestibule de l'école, la comtesse Armance Dacourt les attendait déjà sous les branches lumineuses de l'Arbre doré, entourée de Juliette d'Or et de Juliette d'Airain. La directrice avait l'air soucieuse et, pour une fois, elle ne le cachait pas.

— Louis, que se passe-t-il ? demanda-t-elle. Javotte n'a rien voulu me dire.

Les deux Juliette attendaient la réponse du capitaine, mais leur attention était fixée sur Mathieu, dont le regard vide laissait envisager le pire.

— Maître Barjaut Magimel est très affaibli, répondit Louis Serra avec pudeur. Je crois qu'il aimerait voir les enfants Hidalf ce soir.

— Ce soir ? bredouilla la comtesse. C'est-à-dire… maintenant ?

— Oui, Armance, maintenant. Je vais réunir quelques Élitiens. Nous vous rejoindrons. Veille à ce que Stadir Origan accompagne Mathieu et ses sœurs au manoir, s'il te plaît.

Les mots de Louis Serra ne trompèrent personne. La petite Juliette, qui avait une affection sans bornes pour maître Magimel, ferma la bouche ; ses deux sourcils dessinaient deux accents circonflexes particulièrement marqués, qui lui donnaient un air sévère. Inexpressif, Mathieu se rangea entre ses deux sœurs.

— Vous partirez dans un instant, annonça la comtesse Dacourt. Stadir Origan n'est pas dans l'école ce soir, mais je vais faire chercher le mage Poucet Bergamote.

Derrière la Grille épineuse, un bassin argenté,

magique, les conduirait directement aux grilles du manoir. Au-dessus d'eux, l'Arbre doré n'avait plus aucun rapport avec l'arbuste que les fées helios avaient planté autrefois. Mathieu ne songeait à rien. Il ne songeait même pas que, sur son cœur, étincelait l'arbre de maître Barjaut Magimel. L'arbre du premier Élitien.

Le mage Bergamote était l'homme le plus bavard que Mathieu connaisse. Il fit pourtant l'effort de ne prononcer que les mots indispensables, dès qu'il arriva dans le vestibule. Il n'évoqua même pas la fortune tirée des ventes du réveil, qu'il partagerait bientôt avec Mathieu Hidalf.

Chapitre 17
Le dernier conte de fées

Dans le parc du manoir Hidalf, un moment plus tard, trois ombres marchaient à grandes enjambées, fendant les hautes herbes. Le mage Poucet Bergamote était reparti aussitôt pour l'école de l'Élite, murmurant simplement : « Saluez de ma part le directeur Magimel. Vous ai-je déjà raconté que c'est lui qui m'a nommé professeur à l'école de l'Élite ? Ah ! À cette époque, je n'étais pas convoqué dans le bureau de la direction chaque fois que je blessais un élève accidentellement. » Mathieu, Juliette d'Airain et Juliette d'Or n'avaient répondu que par un regard.

Tout en marchant, ils avaient la curieuse impression de retourner chez eux, un jour ordinaire, après une escapade nocturne dans le petit bois du manoir.

Mathieu se retenait de courir. Il n'avait aucune idée de l'heure qu'il pouvait être ; mais il était tard, peut-être trois ou quatre heures du matin. Bien trop tard, en vérité, pour que le manoir soit illuminé. Pourtant, au loin, tout au bout d'une longue allée, les tours resplendissaient dans la nuit.

– Les nymphettes nous ont aperçus, fit remarquer Juliette d'Or.

En effet, une nuée de fées s'échappèrent comme un éclair du manoir pour accueillir les trois enfants.

Mathieu accéléra. Il pouvait entendre, juste derrière lui, le souffle de la petite Juliette et le bruissement, furtif, de la robe de Juliette d'Or dans l'herbe. Il essaya de se rappeler la voix forte de Louis Serra, la voix si courageuse du capitaine des Élitiens lorsque la Foudre fantôme était morte : il voulait donner l'impression d'avoir ce même courage. Prenant une profonde inspiration, il annonça à ses deux sœurs, sans ralentir son allure :

– Je ne peux pas vous cacher la vérité, Juliette. Maître Magimel va mourir. C'est pour ça que nous sommes revenus au manoir si tard.

Les yeux de Mathieu brillèrent aussitôt. Il balbutia d'une voix qui ressemblait de moins en moins à celle de Louis Serra :

– Il va falloir que vous soyez courageuses… Je sais que ce moment ne sera pas facile pour vous. Mais après tout, maître Magimel est un vieil homme… Un très vieil homme… Vous ne pouvez pas imaginer à quel point. Et… Je veux dire…

Ses paroles s'étouffèrent dans sa gorge. Juliette

d'Or le retint par le bras et le pressa doucement contre elle, tandis que la petite Juliette d'Airain lui prenait la main et chuchotait à son oreille :

– Courage, Mathieu.

Au loin, les portes s'ouvrirent. Leur sœur, Juliette d'Argent, apparut dans l'entrebâillement. Elle releva sa robe de chambre et courut à leur rencontre. Mathieu croisa le regard de sa sœur sans retenir ses larmes. Elle aurait dû ne pas en croire ses yeux, elle aurait dû leur dire, stupéfaite : « Que faites-vous ici ? » Mais la cadette des Hidalf ne semblait pas surprise. Elle dit simplement :

– Il savait que vous viendriez. Vite. Il vous attend.

– Où sont papa et maman ? demanda Juliette d'Airain, en entrant dans le vestibule du manoir.

– Avec maître Magimel.

Mathieu laissa ses trois sœurs le dépasser. Il avait si peur qu'il regrettait soudain d'être venu. Il aurait préféré ne rien savoir. Dans le grand salon, M. et Mme Hidalf étaient assis chacun dans un fauteuil, à la longue table où la famille dînait tous les soirs. Les quatre enfants ne se bousculèrent pas pour entrer. Juliette d'Or n'avait plus tout à fait l'air d'être une adulte. Et ce fut Juliette d'Argent qui entra la première. En les voyant approcher, leur mère sourit avec une douceur qu'elle seule était capable de manifester aux heures sombres.

Son sourire était triste et déjà réconfortant. En revanche, les quatre enfants frémirent en découvrant le visage de leur père. Rigor Hidalf se leva maladroitement, essuyant ses yeux fatigués et rougis. Personne n'avait sans doute imaginé l'affection qu'il portait au vieil homme.

— Entrez, mes enfants, chuchota-t-il. Votre mère lit justement son conte de fées préféré à maître Magimel.

Mathieu suivit ses sœurs jusqu'à un fauteuil qui leur tournait le dos, disposé face à la cheminée. À présent que son arbre doré ne protégeait plus le vieil homme, est-ce que les années l'avaient brusquement rattrapé ? Serait-il encore plus maigre que dans son souvenir ? Au pied du fauteuil, Bougetou remuait gaiement la queue. La main de Magimel était appuyée sur l'une de ses gueules. La vue de cette main rassura Mathieu ; les doigts étaient longs, fins et puissants. Il resta en retrait et laissa les trois Juliette entourer le fauteuil. Mme Hidalf posa délicatement sur ses genoux le conte de fées qu'elle lisait avant l'arrivée de ses enfants.

— Bonsoir, maître, dit Juliette d'Or.

— Ma grande Juliette, quelle formidable coupe de cheveux !

— J'aurais voulu vous présenter Tristan, maître, lui confia-t-elle à regret.

— Au fait, est-ce que le nouveau chemin que je

vous ai conseillé pour accéder à la tour des Deux-Cœurs a fonctionné ?

— Oui, maître, confirma la jeune fille avec un sourire rayonnant. Armance Dacourt elle-même ne le connaît pas.

Mathieu vit la petite Juliette d'Airain se rapprocher à son tour et prendre la main du vieil homme.

— Bonsoir, maître. Ce soir, j'ai sauvé tous les Prétendants de l'école. Ils ont été envoyés dans le lac des Bannis par le traître et c'est moi qui ai averti les Élitiens.

— Vous serez une brillante élève, ma petite Juliette. Je l'ai toujours su.

Un silence s'abattit sur le grand salon. C'était au tour de Mathieu d'approcher du fauteuil. Ses trois sœurs s'écartèrent. Finalement, maître Magimel murmura le premier :

— Bonsoir, Mathieu Hidalf. Avez-vous bien dormi?

— Bonsoir, maître, répondit-il d'une voix rauque.

Bougetou, sans doute ravi par ces retrouvailles, se roula sur le dos. Mathieu évita les quatre têtes du chien et avança jusqu'à la cheminée. Contrairement à ce qu'il avait craint, le visage de maître Magimel n'avait pas changé. Son regard bleu était lumineux, peut-être plus lumineux que celui du premier Élitien dans la bibliothèque du Vitrail. Ses lèvres fines, son long nez droit, son air à la fois moqueur et attentif traduisaient une intelligence époustouflante. L'expression de Mathieu s'assombrit. Sa voix trembla, se fit rapide, nerveuse, comme si chaque mot comptait :

— Maître, je vais trouver une solution. Je vais demander à la grand-mère édentée de vous frapper d'un sortilège de sommeil, le temps que nous trouvions le moyen de vous soigner. Vous comprenez, n'est-ce pas ? Souvenez-vous de la princesse du conte de fées. En cent ans, elle n'a pas pris une ride !

— Mathieu, chuchota Mme Hidalf, calme-toi... Maître Magimel a besoin de...

Il interrompit sa mère :

— Tout est ma faute !

— De quoi parles-tu ?

— Tout est ma faute. Maître Magimel m'a donné son arbre doré. C'est à cause de moi qu'il va mourir.

M. et Mme Hidalf se turent. Les Juliette échangèrent un regard et Bougetou lui-même, comprenant que l'heure était grave, cessa de remuer la queue. Mme Hidalf voulut dire quelque chose, mais maître Magimel posa sa main sur la sienne, pour l'en dissuader.

— Tout est *ma* faute, Mathieu, protesta-t-il avec un grand calme. Vous réveiller a été l'une des rares actions dont j'ai été fier et heureux depuis ces trois derniers siècles. C'est peu.

— Cette fois-ci, nous y sommes…, soupira M. Hidalf à l'oreille de son épouse. Trois siècles ! Il a perdu la raison…

— Nous pouvons utiliser la montre de mort, maître ! reprit Mathieu avec la même précipitation. Son maléfice vous sauvera le temps que Louis Serra trouve le moyen de vous rendre votre arbre doré.

— Je vais être sincère avec vous, Mathieu Hidalf, déclara le vieil homme. Je n'ai utilisé la montre de mort qu'une seule fois… le jour où j'ai fui la tour Disparue. Ce jour-là, je me suis promis de ne plus jamais avoir recours à cette montre, vous comprenez ?

Les yeux de Mathieu brillèrent soudain d'une clarté nouvelle. Maître Magimel lui avait tout appris : à lire et à compter, bien sûr, mais également à frauder, à rédiger un contrat, puis à falsifier un contrat, à mentir, à tricher, à contourner les moindres articles d'un règlement. Et ce vieil homme était le premier Élitien. Il avait tenu la Foudre fantôme, lorsqu'elle n'était qu'un faon, dans ses bras. Il avait assisté à la naissance de l'Arbre doré. Il avait permis à l'Élite de survivre jusqu'à ce jour.

— Et les frères Estaffes, maître ? demanda finalement Mathieu, non plus avec désespoir mais avec une détermination effrayante.

— Vous recevrez mes instructions dans l'école de l'Élite. D'ailleurs, j'espère que vous ne m'en voudrez pas des libertés que j'ai prises.

À ces mots, un long silence tomba.

— Ma petite Emma, dit Magimel en fermant les yeux, voulez-vous finir ce conte de fées, s'il vous plaît ? Il se fait tard.

*

Les Juliette avaient pris place dans leurs fauteuils autour de l'âtre, où leur mère leur avait lu tant d'histoires au cours de leur enfance. Mathieu écouta la fin du conte d'une oreille distraite. C'était le préféré de maître Magimel. Un conte que Mathieu connaissait bien, qu'il n'oublierait jamais. Il s'intitulait : *L'Helios et la Belle Endormie*. Une princesse, tombée amoureuse d'un Helios qui vieillissait beaucoup plus lentement qu'elle, priait une fée de l'endormir d'un sommeil de mort, pour vaincre le temps. Seul le baiser de son Helios pouvait la réveiller.

Tandis que sa mère arrivait à la fin de sa lecture, Mathieu devinait à quel point ce conte de fées ressemblait à l'histoire d'amour de maître Magimel. Après tout, n'avait-il pas aimé lui aussi une femme, tout en sachant qu'elle vieillirait beaucoup plus vite que lui ?

Soudain, Mathieu constata que le grand salon

était parfaitement silencieux. Peut-être même s'était-il assoupi quelques instants. Dans son fauteuil, sa mère avait refermé le recueil de contes posé sur ses genoux.

— Maître, murmura-t-il en se tournant vers lui, il y a une chose que j'ai toujours niée jusqu'à présent... et je commence à croire que j'ai eu tort. Même les Helios peuvent tomber amoureux, n'est-ce pas ?

Maître Magimel ne répondit pas. Ses yeux étaient clos, ses lèvres aussi.

— Maître ? bredouilla Mathieu.

M. Hidalf se leva maladroitement et posa une main sur l'épaule de son fils. Elle n'avait pas la vigueur de Louis Serra. Elle tremblait même légèrement. Mais elle était pourtant plus rassurante que celle de l'Élitien.

Mathieu comprit brusquement qu'il était trop tard, qu'il n'aurait jamais plus de réponses de la part de maître Magimel. Il ne trouva pas la force de pleurer et resta un moment immobile, au milieu du salon, contre M. Hidalf qui ne disait rien.

Dehors, une lumière douce se leva alors sur le manoir. Il était pourtant trop tôt pour que ce soit l'aube. M. Hidalf s'approcha de l'une des fenêtres du grand salon. Quelques centaines de nymphettes élitiennes volaient au-dessus du parc. C'était les nymphettes du fil d'or. Les Juliette et Mathieu se rapprochèrent de leur père et se dressèrent sur la pointe des pieds.

Devant la souche d'un vieux marronnier, Louis Serra regardait dans leur direction. Derrière le capitaine des Élitiens s'étendait une forêt de luides noires, vaguement éclairée par la lueur des fées. Mme Hidalf approcha à son tour. Tous les Élitiens, les pré-Élitiens, les Apprentis et les Prétendants de l'école de l'Élite étaient réunis dans la nuit froide. Les nymphettes lumineuses se perchèrent sur les branches des marronniers voisins. Alors, le souffle coupé, Mathieu vit des milliers d'arbres scintiller.

– Ma place est parmi les Prétendants, je crois, déclara Juliette d'Airain en bombant le torse.

– La mienne aussi, dit Mathieu.

Tous les deux sortirent du manoir. Ils rejoignirent Pierre, Roméo et Jurençon, qui les attendaient un peu plus loin. Mathieu sentit son arbre s'illuminer comme celui de tous les autres élèves. Il vit se dessiner derrière un carreau les silhouettes de son père, de sa mère, de Juliette d'Or et de Juliette d'Argent.

– Quelqu'un me dira-t-il enfin ce que nous faisons ici ? grommela Roméo Pompous qui claquait des dents.

– Tu avais raison, Roméo, lui révéla Mathieu. Le premier Élitien n'est pas mort dans la tour Disparue.

Il sentit le regard interrogateur de Pierre et Jurençon posé sur lui, tandis que Roméo balbutiait :

– Moi, j'ai dit que le premier Élitien n'était pas mort dans la tour Disparue ?

Épilogue

École de l'Élite, le lendemain matin, à l'aube

Les lits des Prétendants avaient tous été retirés du lac des Bannis pendant la nuit. Ils étaient amassés dans un lieu tenu secret par les Élitiens.

Chaque lit était associé à une plume magique, qui permettait de le déplacer à volonté. Il existait un double de chacune de ces plumes, conservé par la direction. Le traître n'avait eu qu'à les dérober pour envoyer le lit de chacun des Prétendants dans les profondeurs du lac.

Tous les élèves dormaient à présent sur des matelas de fortune, disposés un peu partout dans la bibliothèque. Tous les élèves, hormis Mathieu Hidalf qui guettait l'apparition de l'aube. Il était épuisé mais incapable de dormir. Sur son torse, Griffrigor ronronnait, le museau posé contre le visage d'Adélaïde, qui s'était assoupie dans la fourrure du chat.

Lorsque le soleil baigna les tours de l'école, Mathieu se leva discrètement. Seul Griffrigor ouvrit un œil. Les nymphettes du fil d'or ne remarquèrent même pas sa présence ; elles dormaient paisiblement sur leurs crochets, épuisées par cette nuit folle.

Mathieu se rendit à la galerie des Chandelles, où le petit déjeuner serait servi dans une heure ou deux. Il en poussa les lourdes portes. Les tables noires s'étendaient à perte de vue, rayonnant dans la lumière du soleil, si propres qu'on s'y reflétait comme dans un miroir. Au bout de l'une des tables, Louis Serra était assis auprès d'un Élitien. Mathieu reconnut avec soulagement Julius Maxima, dont l'arbre doré brillait faiblement. Il y aurait donc une bonne nouvelle ce jour-là. Mathieu s'apprêta à faire demi-tour mais Louis Serra se leva, à l'autre bout de la salle.

— Reste ici un moment, proposa-t-il. Nous aimerions justement te poser une question.

Mathieu traversa la galerie. Il savait que Julius Maxima n'aimait guère mêler les Prétendants aux problèmes des Élitiens. Pourtant, il ne s'y opposa pas cette fois-ci. Il observait Mathieu de ses yeux neutres, légèrement soucieux mais qui signifiaient qu'il ne lui en voulait absolument pas de l'accident survenu dans la bibliothèque.

— Le traître court toujours, expliqua Louis Serra

à Mathieu. Il a été aperçu par plusieurs nymphettes. Malheureusement, aucune n'est capable de l'identifier. Mais l'étau se resserre autour de lui.

Secrètement, Mathieu était bien décidé à ne plus obéir à Louis Serra. Si les Élitiens n'étaient pas capables de démasquer ce traître, alors il s'en chargerait lui-même.

— Pendant la révolte qui a opposé les Prétendants aux Cœurs noirs, le matin de votre retour, intervint Julius Maxima, un élève a défié et vaincu dans un combat d'arbres sept Cœurs noirs, en tout et pour tout.

Mathieu écarquilla les yeux ; il avait bien croisé ce mystérieux Prétendant, mais il ne l'avait vu combattre qu'un seul Cœur noir.

— Est-ce toi qui les as attaqués, Mathieu ? demanda Louis Serra.

— Non, se défendit-il. J'ai croisé moi aussi ce Prétendant, mais j'ignore de qui il s'agit. Il était également dans le lac, cette nuit. Il essayait de secourir les élèves qui se noyaient.

Louis Serra fit quelques pas sans ajouter un mot.

— Qui est cet élève ? interrogea Mathieu sans détour.

— Qui il est précisément, c'est ce que nous allons devoir découvrir, annonça le capitaine. Cet élève est un enfant hors du commun. Un enfant qui dissimule sa véritable identité depuis des mois.

Nous soupçonnons sa présence dans l'école depuis longtemps. L'histoire se répète, Mathieu Hidalf. Un enfant mi-helios, mi-homme est entré dans l'école de l'Élite. Il s'y cache. Et nous devons trouver de qui il s'agit avant les frères Estaffes. Car à présent ils ne voudront qu'une seule chose : mettre la main sur lui.

Louis Serra se rassit. Il ne précisa pas, pour le moment, qu'il savait déjà qu'un lien très fort unissait ce Prétendant helios à la grand-mère édentée, et qu'il l'avait déjà aperçu dans sa chaumière.

*

Tandis que le jour se levait, Mathieu Hidalf errait dans l'école. Louis Serra, peut-être à cause de la présence de Julius Maxima, ne lui avait rien révélé de plus. Un enfant helios ! Il y avait à l'école de l'Élite un enfant helios.

Tandis qu'il longeait une galerie, le regard de Mathieu tomba sur la statue de la Foudre fantôme, dressée sur le toit de l'aile ouest. Dans les premières lueurs du jour, il crut un instant que la biche allait bondir dans sa direction. Depuis combien de temps cet enfant était-il entré à l'école ? Était-il possible que Mathieu le connaisse ? Était-il possible qu'il compte parmi ses amis ? Une chose était certaine, il devait être brillant. D'autant plus brillant qu'il s'efforçait de passer pour un élève ordinaire, afin de préserver son secret. Avait-il d'incroyables pouvoirs ? Ne dormait-il que quelques heures par jour ? Pouvait-il contrôler son arbre doré aussi bien qu'un Élitien ?

— Ce qui me rassure, grommela Mathieu, c'est que je peux éliminer tout de suite Roméo de la liste des suspects. Même un Helios ne serait pas assez intelligent pour avoir l'air aussi bête que lui.

Songeur, il reprit sa marche sans entendre la personne qui venait à sa rencontre. Lorsqu'il releva la tête, son cœur manqua un battement. Marie-Marie du Château Boisé, pâle comme un lys, arrivait en sens inverse. Il n'avait donc pas rêvé en apercevant son lit au fond du lac des Bannis.

La jeune fille avait affreusement grandi en neuf mois et menaçait de devenir aussi belle que Juliette d'Or, les oreilles décollées en moins. Elle avait tellement grandi, à vrai dire, que Mathieu pria pour que la poussée de croissance prédite par le Dr Soupont ait lieu dans la minute. Elle possédait, cousu sur le cœur, un arbre étincelant. Elle était seule. Son nez fin, sous ses grands yeux noirs, lui donnait un air à la fois sérieux et moqueur. Si elle était surprise, elle n'en montra rien et avança dans sa direction comme si elle ne le connaissait pas. Mais en arrivant à sa hauteur, elle demanda poliment, en baissant la tête pour mieux le regarder :

– Je ne savais pas que Mathieu Hidalf avait un petit frère. Comment t'appelles-tu ?

Mathieu resta bouche bée. De toute sa vie, il n'avait jamais ressenti une telle humiliation. Ces quelques mots eurent l'effet d'une dizaine de soufflets. Il devait pourtant trouver quelque chose à dire, tout de suite, s'il ne voulait pas que sa réputation soit perdue à jamais.

– Je suis venu m'excuser, annonça-t-il d'une voix douce.

La jeune fille s'arrêta au milieu de la galerie.

– À quel sujet ?

– Au sujet de mon sommeil, bien sûr. Je sais que toutes les personnes qui *m'aiment* ont atrocement souffert pendant mon absence. Désolé de t'avoir fait du mal.

Mathieu eut à peine le temps de comprendre ce qu'il se passait lorsque Marie-Marie recula d'un pas. L'arbre cousu sur son cœur scintilla de mille feux ; Mathieu sentit le sien flamboyer étrangement. Elle venait de le défier dans un combat d'arbres.

À cet instant, Mathieu fut traversé par deux inquiétudes contraires. D'abord, celle d'éteindre l'arbre de Marie-Marie comme il avait éteint celui de Julius Maxima. Il se moquait bien de le détruire, à vrai dire, mais il aurait beau clamer son innocence, il était prêt à parier que la comtesse Dacourt ne voudrait rien entendre. Sa seconde inquiétude lui retourna l'estomac : et si Marie-Marie remportait le duel et le terrassait ? Car, après tout, il n'avait jamais pratiqué un combat réel. Heureusement, il n'eut la réponse à aucune de ces deux questions : un cri de colère retentit à l'autre bout du couloir.

Tristan Boidoré surgit et se plaça entre eux deux. Le visage d'ordinaire si paisible du jeune homme était livide. Comme Mathieu, il n'avait sans doute pas dormi cette nuit-là.

– Qu'est-ce que vous vous apprêtiez à faire ? aboya-t-il.

Marie-Marie du Château Boisé avait retrouvé une attitude ordinaire ; à voir son visage d'ange, on n'aurait pas songé à l'accuser de connaître un gros mot. Tristan Boidoré se pencha vers eux.

– Je vous préviens *tous les deux* : il est *strictement* interdit de pratiquer un combat d'arbres sans la présence d'un Élitien. Vous pourriez vous causer l'un à l'autre des dommages irréparables. Est-ce que c'est compris ?

Mathieu Hidalf et Marie-Marie du Château Boisé ne s'étaient pas quittés des yeux, comme deux fauves prêts à se jeter l'un contre l'autre. Ils avaient soudain l'air aussi menaçants que Louis Serra et la comtesse Dacourt.

– Je vais faire passer le message à tout le fil

d'or, conclut froidement Tristan. Et si je vous surprends *une seule fois* à réitérer ce genre de bêtises, je demanderai à la directrice de vous mettre ensemble pour disputer votre prochaine épreuve. Déguerpissez, tous les deux !

Mathieu et Marie-Marie étaient obligés de se croiser pour continuer leur chemin. Ni l'un ni l'autre ne voulant faire le moindre pas de côté, leurs bras s'effleurèrent, froissant légèrement l'étoffe noire de leur luide et provoquant un crépitement de leur arbre doré.

– Si tu n'as pas encore de partenaire pour le prochain cours de combat d'arbres, je t'invite, Mathieu Hidalf, chuchota Marie-Marie, menaçante.

– J'accepte. Même si je regrette d'avance de devoir réduire ton arbre en poussière.

Marie-Marie lui adressa un regard terrible et Mathieu fonça jusqu'à la bibliothèque, où Pierre, Roméo et Jurençon dormaient profondément. Sur la table de chevet de ce dernier, Mathieu aperçut son fameux réveil. Par hasard, l'aiguille qui était censée révéler ce à quoi il rêvait pointait l'inscription : *À Marie-Marie du Château Boisé*.

– Qui a inventé ce stupide réveil ? grommela Mathieu.

Alors, il s'en empara et le fracassa contre le sol, arrachant du sommeil ses trois compagnons.

– Vous ne devinerez jamais ce que j'ai découvert, leur lança Mathieu. Marie-Marie est Prétendante élitienne !

– Et c'est pour ça que tu me réveilles ? grommela Roméo.

Mathieu avait oublié maître Magimel, le traître et le Prétendant helios. Il ne songeait plus qu'à une seule chose : Marie-Marie du Château Boisé était élève de l'école. Pire que cela, elle avait osé le défier dans un combat d'arbres.

– Si j'avais su que Marie-Marie grandirait autant en neuf mois, j'aurais réfléchi à deux fois avant de m'endormir, je peux vous le dire. C'est ce qui est stupide avec les sortilèges de sommeil : ils interrompent la croissance et le processus de vieillissement. Pour une princesse qui attend son prince pendant cent ans, évidemment, cela a toute son utilité, encore que ce soit stupide : quel prince serait prêt à épouser une personne qui a cent ans de plus que lui, même si c'est une jeune femme ? Mais pour moi, dans tous les cas, c'est une vraie catastrophe. C'est bien simple : j'ai l'impression que tout le monde a grandi depuis neuf mois. Sauf Roméo et moi.

Pierre enfouit son visage dans son oreiller, Jurençon ramassa les débris de son réveil en soupirant, et Roméo, écarlate, bredouilla :

– Je hais Mathieu Hidalf.

Table

Prologue, *11*

Première partie
Une nuit sans fin, *15*
Une lueur dans la tempête, *19*
Les Mémoires de Mathieu Hidalf, *28*
Le dernier défi de Mathieu Hidalf, *44*
Une nuit sans fin, *63*
L'impossible condition de Mathieu Hidalf, *83*
La tour des Deux-Cœurs, *98*
Le secret de la grand-mère édentée, *114*
Six lettres et un silence, *121*

Deuxième partie
La bataille de l'aube, *133*
Le protocole de réveil, *137*
Trente battements de cœur, *158*
La bataille de l'aube, *173*
Un dîner entre Hidalf, *200*

Troisième partie
L'héritage de Mathieu Hidalf, *225*
Le combat d'arbres, *227*
L'avertissement du traître, *237*
Au cœur du lac des Bannis, *250*
La bibliothèque du Vitrail, *263*
Le dernier conte de fées, *283*
Épilogue, *294*

Christophe Mauri

L'auteur

À l'âge de treize ans, **Christophe Mauri** adresse son premier roman au comité de lecture des éditions Gallimard Jeunesse. C'est le début d'une relation forte, jalonnée d'envois et d'encouragements, qui se conclut le jour des vingt-deux ans du jeune auteur, lorsque le comité lui propose la publication du *Premier Défi de Mathieu Hidalf*.

« Tout est parti du contrat Bougetou, établi entre Mathieu et son père. Avec ce contrat, j'ai senti que je quittais les sentiers battus dont je ne parvenais pas à m'éloigner jusque-là. J'ai pris du recul vis-à-vis de mon héros. J'ai pu l'aimer sans être lui, ce dont j'étais incapable à quinze ou à seize ans. Et j'ai voulu créer un univers autour de cette idée de contrat : l'univers d'un enfant pénétré du monde des adultes, extrêmement revendicatif et intelligent. Un enfant qui, cependant, est encore loin d'être mûr affectivement, bien qu'il soit lui-même persuadé du contraire ! »

Christophe Mauri se consacre désormais à l'écriture.

Du même auteur chez Gallimard Jeunesse

FOLIO JUNIOR
1. *Le Premier Défi de Mathieu Hidalf*, n° 1676
2. *Mathieu Hidalf et la Foudre fantôme*, n° 1683
3. *Mathieu Hidalf et le sortilège de Ronces*, n° 1699

GRAND FORMAT LITTÉRATURE
1. *Le Premier Défi de Mathieu Hidalf*
2. *Mathieu Hidalf et la Foudre fantôme*
3. *Mathieu Hidalf et le sortilège de Ronces*
4. *Mathieu Hidalf et la bataille de l'aube*
5. *La Dernière Épreuve de Mathieu Hidalf*

Retrouve les premières aventures
de **Mathieu Hidalf**

———————

dans la collection

I. LE PREMIER DÉFI DE MATHIEU HIDALF

n° 1676

Mathieu Hidalf, dix ans seulement, est déjà un trouble-fête de légende. Chaque année, il s'ingénie à gâcher la plus grande célébration du royaume : l'anniversaire du roi. Mais cette fois, la plaisanterie risque de tourner au drame. Les redoutables frères Estaffes ont rompu un serment magique et menacent de tuer le souverain. C'en est trop pour Mathieu : il ne laissera personne prendre sa place d'expert en sabotage !

2. MATHIEU HIDALF ET LA FOUDRE FANTÔME

n° 1683

Mathieu a onze ans, enfin ! C'est décidé, cette année, il va réaliser son rêve : intégrer l'école de l'Élite et rencontrer son héros de toujours, le capitaine Serra. Pour être admis, pas question de réviser, tricher est tellement plus drôle ! Mais l'inflexible directrice ne l'entend pas de cette oreille et lui réserve une épreuve de son cru : capturer la Foudre fantôme. À l'impossible, il est tenu… Attention au retour de Mathieu Hidalf !

3. MATHIEU HIDALF ET LE SORTILÈGE DE RONCES

n° 1699

Rien ne va plus pour Mathieu Hidalf. Son père a décidé de le marier de force à sa pire ennemie, Marie-Marie du Château Boisé ! Mathieu n'hésite pas : il se réfugie dans l'école de l'Élite avant la rentrée officielle des élèves. Mais il n'y est pas seul. Un mystérieux Élitien noir rôde dans l'école, qui se trouve bientôt coupée du reste du monde par un puissant sortilège de Ronces. Et si Mathieu Hidalf avait trouvé un adversaire à sa mesure ?

Si tu as aimé ce livre,
découvre d'autres univers fantastiques

———————

dans la collection

HARRY POTTER
À L'ÉCOLE DES SORCIERS

J. K. Rowling

n° 899

Le jour de ses onze ans, Harry Potter, un orphelin élevé par un oncle et une tante qui le détestent, voit son existence bouleversée. Un géant vient le chercher pour l'emmener à Poudlard, une école de sorcellerie où une place l'attend depuis toujours. Voler sur des balais, jeter des sorts, combattre les trolls : Harry Potter se révèle un sorcier vraiment doué. Mais quel mystère entoure sa naissance et qui est l'effroyable V…, le mage dont personne n'ose prononcer le nom ?

CHARLIE BONE
ET LE MYSTÈRE DE MINUIT

Jenny Nimmo

n° 1472

Depuis que Charlie a le don d'entendre parler les photos, plus rien ne tourne rond. Fini la vie de garçon comme les autres. Si seulement, il avait pu garder ça pour lui, il n'aurait pas été obligé d'aller dans une école sinistre, où se passent des choses plutôt inquiétantes. Que cachent ces ruines où une élève a disparu ? Qui est l'affreux Manfred Bloor aux yeux noirs ? Avec ses amis, Charlie a décidé de tirer cela au clair, au péril de sa vie.

ARTEMIS FOWL

Eoin Colfer

n° 1332

Nom : Fowl
Prénom : Artemis
Âge : 12 ans
Signes particuliers : une intelligence hors du commun
Profession : voleur
Recherché pour : enlèvement de fées et demande de rançon
Appel à tous les FARfadets, membres des Forces Armées de Régulation du Peuple des fées : cet humain est dangereux et doit être neutralisé par tous les moyens possibles.

A COMME ASSOCIATION
LA PÂLE LUMIÈRE DES TÉNÈBRES

Erik L'Homme

n° 1686

Jasper vit à Paris, va au lycée et joue de la cornemuse dans un groupe de rock médiéval. Mais depuis peu, il fréquente aussi le 13, rue du Horla, l'adresse ultrasecrète de l'Association. L'organisation a repéré chez lui certaines aptitudes pour la magie et lui a proposé de devenir agent stagiaire. Et les stages de l'Association ne se passent pas vraiment autour de la photocopieuse ! Armé d'une bombe lacrymogène au jus d'ail, Jasper est envoyé chez les vampires pour enquêter sur un trafic de drogue.

Le papier de cet ouvrage est composé de fibres naturelles, renouvelables, recyclables et fabriquées à partir de bois provenant de forêts gérées durablement.

Mise en pages : Maryline Gatepaille

Loi n° 49-956 du 16 juillet 1949
sur les publications destinées à la jeunesse
ISBN : 978-2-07-066455-9
Numéro d'édition : 276627
Dépôt légal : février 2015

Imprimé en Espagne par Novoprint (Barcelone)